너머의 세계

너머의 세계
ⓒ 유린·도밍 2024

초판 1쇄	2024년 9월 13일

지은이	유린
그린이	도밍

출판책임	박성규	펴낸이	이정원
편집주간	선우미정	펴낸곳	도서출판 들녘
기획이사	이지윤	등록일자	1987년 12월 12일
편집진행	이수연	등록번호	10-156
편집	이동하·김혜민	주소	경기도 파주시 회동길 198
디자인	하민우·고유단	전화	031-955-7374 (대표)
마케팅	전병우		031-955-7389 (편집)
경영지원	김은주·나수정	팩스	031-955-7393
제작관리	구법모	이메일	dulnyouk@dulnyouk.co.kr
물류관리	엄철용		

ISBN 979-11-5925-884-8 (03810)

값은 뒤표지에 있습니다. 잘못된 책은 구입하신 곳에서 바꿔드립니다.

너머의 세계

어느 알려지지 않은 차원과 그곳에서 온
기이한 생명체들에 대한 기록

유린 쓰고
도밍 그림

Goble

목차

1장. 침투

산장 투숙객을 위한 이용 안내 · 11

무엇이든 원하는 걸 드리는, 만물상 · 21

학교에 있는 무언가 · 39

영화관 근무자를 위한 업무 매뉴얼 · 52

2장. 사냥

어느 수상한 서점에 대한 기록 · 72

한옥마을의 기묘한 야간 개장 행사 · 85

유랑 서커스단 · 102

오세요, 아름다운 온실 정원으로 · 112

3장. 잠식

그 아파트의 축제 · 128

호텔 나폴리 · 164

지금도
이 세계 곳곳에서는
설명할 수 없는
기이한 사건들이
일어나고 있다.

이 책은
그 기현상과
그에 연루된
피이한 존재들에 대한
취재의 기록이다.

1장 침투

산장 투숙객을 위한 이용 안내

○○산장에 오신

○○산 입산 시 주의 사항

1. 나뭇가지나 꽃을 꺾는 등 자연을 훼손하는 행위를 삼가주세요.

2. 도토리, 밤 등 나무열매는 ○○산에 사는 야생동물들의 식량입니다. 동물들이 추운 겨울 동안 굶주리지 않게 양보해주세요.

3. ○○산장의 시설과 장비 들을 무분별하게 훼손하는 행위는 엄연한 범죄입니다. 산장 시설을 마음껏 이용하시되 내 집처럼 아껴주세요.

4. 쓰레기는 정해진 장소에만 버려주세요. 분리배출은 선택이 아닌 필수입니다.

5. 산불 예방을 위해 휴대용 가스버너, 라이터 등의 화기는 산장 내부에서만 사용하실 수 있습니다.

6. 안내소 옆에 흡연 구역이 마련되어 있습니다. 이외의 산 전역은 금연 구역입니다. 등산객 여러분들의 협조 부탁드리겠습니다.

7. 야생동물을 마주쳤을 때는 크게 당황하거나 등을 보이면 안 됩니다. 천천히 자리에서 벗어난 뒤, 112나 119 혹은 ○○산 안내소(000-0000)로 연락해주세요. 절대 동물을 자극해서는 안 됩니다.

- 산주 백 -

여러분을 환영합니다

○○산장 이용 안내문

1. ○○산장은 총 6개의 객실을 갖추고 있습니다. 각 객실은 최대 12명까지 사용할 수 있으며, 입실하시기 전 최대 인원수에 맞춰 준비해드립니다.

2. 큰방 찬장에 비치된 라면 등 건조·즉석 식품은 유료 물품입니다. 요금은 퇴실 시 데스크에서 결제하시면 됩니다.

3. 담요는 작은방 벽장 안에, 수건은 화장실 찬장 안에 있습니다. 필요한 만큼만 꺼내 사용해주세요. (수건과 담요의 외부 반출을 엄금합니다.) 정기적으로 깨끗하게 세탁하고 있으니 안심하고 사용하셔도 됩니다.

4. 화재 등 비상시를 대비해 객실 입구에 소화기와 비상 손전등이 비치되어 있습니다. (소화기는 소방시설에 정기적으로 점검받고 있습니다.)

5. 퇴실 시에는 사용하신 물품들을 제자리에 정리해주세요.
   ※ 뒷정리는 선택이 아닌 필수입니다!

6. 최근 ○○산 야생동물의 개체 수가 줄어들고 있습니다. ○○산에서의 수렵 활동은 금지되어 있습니다. 불법으로 수렵 활동을 하다 적발될 시엔 처벌을 받게 됩니다.

사건 자료 1: 소녀의 일기

3월 12일
날씨: 맑았음

점심을 먹고 ○○산 입구에 도착했다. ○○산 등산로는 복잡하기로 유명하다더니, 정말 산을 오르는 것보다 산장과 이어지는 길을 찾는 것이 더 힘들었다. 맞는 길인 줄 알고 들어섰는데 길이 중간에 갑자기 끊어지는 바람에 되돌아 나오기도 했고, 여러 갈래의 갈림길 앞에서 헷갈려서 갈팡질팡하기도 했다. 마침내 마지막 갈림길 끝에서 산장의 모습이 나타났을 때, 나는 속으로 환호성을 질렀다.

선두에 서 있던 104동 동대표 아줌마가 먼저 인원을 확인한 후 차례대로 방을 배정해주겠다고 외쳤다. 파리한 인상에 비해 목소리는 이상할 정도로 우렁차서, 대열 끝에 선 우리 가족에게까지 선명하게 들렸다. 네— 대답하는 사람들은 대부분 지칠 대로 지쳐 있었지만, 개중에는 피곤한 기색은 전혀 없이 생생한 이들도 있었다.

나는 메고 온 가방을 잠시 바닥에 내려놓고 천천히 숨을 골랐다. 살짝 차가운 초봄의 공기도, 구름 한 점 없이 맑고 푸르른 하늘도 마음에 들었다. 옆에 계신 부모님도 만족한 눈치였다. 요즘 엄마의 야근이 부쩍 잦아져서 가족끼리 얼굴 맞대고 이야기할 시간도 없었는데, 이렇게 함께 나오니 좋으신 모양이다.

그때 동대표 아줌마가 우리에게 다가오며 물었다.
"104동 201호는 다 모이셨나요?"
"네. 저랑 남편, 딸까지 세 명 다 왔어요."
"혹시 201호는 402호랑 방을 같이 쓰셔도 괜찮으실까요? 402호에서는 가족끼리 친하니 괜찮다고 말씀해주셨어요."
"아, 네. 그렇게 해주세요."
"그러면 201호, 402호 총 일곱 분은 3호실을 쓰시면 됩니다. 산장을 이용하시기 전에 비치된 안내서를 꼼꼼히 읽어주세요!" 말을 마친 아줌마가 엄마에게 3호실 열쇠를 건넸다.

먼저 도착한 402호 가족은 3호실 문 앞에 쭈그리고 앉아 우리를 기다리고 있었다. 402호 아저씨는 우리를 보고 기다리다 목 빠지는 줄 알았다며 너스레를 떨었다. 엄마도 질세라 농담을 던지며 문을 열었다.

산장 내부는 생각보다 훨씬 깔끔하고 널찍했다. 자그마한 산장이라길래 기껏해야 학교 수련회장이겠지, 했는데, 들어가 보니 웬만한 호텔보다 말끔하게 정돈되어 있었다. 402호 두 딸은 이미 산장 밖으로 뛰쳐나갔고, 어른들은 자기들끼리 수다판을 벌였다. 나는 본격적으로 객실 안을 둘러보기로 했다. 큰방 한 귀퉁이에 짐을 내려놓고 작은방으로 향했다.

작은방도 큰방과 다를 바 없이 평범했다. 다만 조금 특이한 모양의 창이 문 맞은편에 달려 있었다. 그 창은 활짝 열려 있었다. 나는 창으로 다가가 어느새 어둑어둑해져가는 산의 정경을 바라보았다. 역시 산에는 밤이 빨리 찾아온다.

얼마쯤 서 있다 바람이 차가워서 창문을 닫으려고 손잡이를 당겼다. 그런데 끼익 기분 나쁜 소리만 나고 닫히지 않았다. 살펴보니 창틀에 나뭇잎과 종이 들이 끼어 있었다. 나는 이런 데 쓰레기를 버린 사람은 참 몰상식하다고 생각하며 창틀에 낀 쓰레기들을 빼냈다. 근데 꺼내 보니 그냥 쓰레기가 아니라 종이였다. '산장 이용 안내문'이라고 쓰인.

현관 앞에 비치된 안내문과 같은 건 줄 알았는데 종이가 매우 낡고 헤진 데다, 글씨체도 어딘가 예스러웠다. 내용도 조금 다른 듯했다. 평소 같았으면 그냥 버렸을 텐데, 왠지 자꾸 마음이 쓰인다. 이 일기를 다 쓰고 읽어볼 것이다.

아! 엄마가 부른다.
레크리에이션과 캠프파이어가 곧 시작한단다.
아무래도 안내문은 다녀와서 읽어야겠다.

사건 자료 2: 소녀의 일기 곁에서

입수한 산장 이용 안내문

1. 오전 1시부터 오전 6시까지는 출입이 제한됩니다. 여러분의 안전을 위해서니 협조 부탁 드립니다.
1-1. 오전 1시까지 산장으로 돌아가지 못하셨다면 하얀 끈 달린 나무 아래로 가십시오. 순찰 직원들이 투숙객 여러분을 제일 안전한 곳으로 모실 것입니다.

2. 조난당할 경우를 대비해 방울 두 개를 나눠드립니다. 안전을 위한 것이니 번거로우시 더라도 산장 밖으로 나가시기 전에 소지하신 가방이나 신발, 모자 등에 꼭 달아주십 시오.
2-1. 만약 방울을 분실하셨다면, 그 즉시 데스크로 돌아오셔야 합니다.
2-2. 간단한 절차를 마친 뒤 남은 일정을 소화하실 수 있도록 조치할 테니 아무 걱정 마 세요.

3. 무분별한 채취 행위는 삼가주십시오. 먹이가 부족해진 야생동물들이 민가로 내려가 피해를 끼치는 일이 잦아지고 있습니다. ○○산에서 나오는 열매들은 동물들에게 양 보해주세요.

4. 최근 '장병산'이라는 인물이 산을 배회한다는 제보가 있습니다. 뒤에서 말을 걸어 오더 라도 절대 돌아보지 마시고 무시하십시오.

5. 오전 1시 이후부터 오전 6시까지는 산장 밖에서 일행의 목소리가 들려도 무시하십시오. 만일 문을 두드리거나 문고리를 돌리더라도 걱정하지 마십시오. 그것들은 그저 소리만 흉내 낼 뿐이니까요. 물리적인 위해는 가할 수 없습니다.
5-1. 만약 오전 1시까지 산장으로 돌아오지 않은 일행이 있어, 밖에서 목소리가 들려 온다 해도 무시하십시오. 그것 또한 일행분이 아닙니다.

6. 날 음식은 부패 우려가 있어 제외했지만, 건조·즉석 식품은 큰방 싱크대 찬장에 비치 해두었습니다. 무료 서비스이니 자유롭게 이용해주세요.
6-1. 찬장 옻나무 식기 위에 놓인 전 요리와 생선구이 또한 산장에서 준비한 것입니다. 안 심하고 드시기 바랍니다.

6. ○○산에는 동굴이 없습니다. 만일 산행 중 동굴을 만나더라도 절대 들여다보거나 들어가지 마시길 바랍니다. 경고를 무시하여 일어나는 사고에 대하여 ○○산장은 일절 책임지지 않습니다.

7. 시설 훼손은 불법입니다. ○○산장의 모든 시설을 훼손하지 말아주세요.
7-1. 특히 산장에 비치된 거울을 깨뜨리지 않도록 각별히 유의해주십시오.

8. 하수구와 변기가 막힌다는 제보가 잦습니다. 수압이 약해 작은 이물질에도 쉽게 막힐 수 있으니, 음식물쓰레기는 찬장에 있는 전용 봉투에 담아 버려주시고, 휴지는 꼭 필요한 만큼만 사용해주세요.

9. 지내시는 동안 산장 내 모든 물품을 자유롭게 사용하셔도 됩니다. 퇴실하시기 전 사용하신 물품들을 제자리에 정리하는 것만 잊지 말아주세요.

10. SNS 이벤트에 참여해주세요! ○○산 곳곳에 있는 조각상과 함께 사진을 찍고 #○○산장 해시태그와 함께 여러분의 SNS에 올려주세요! 추첨을 통해 매달 한 분께 푸짐한 상품을 증정하고 있습니다.

· · · · · · · · · ·

○○산장은 해당 안내문을 무시하여 발생한 사고와 사건 들에 대해 일절 책임지지 않습니다. 이용객 여러분은 사전에 안내문을 충분히 숙지해주십시오.

또한 만일 숫자 배열이 잘못되었거나 삭제된 내용이 있다면 잘못된 안내문이니, 접수처로 돌아와 새로운 안내문을 발급받으시길 바랍니다.

○○산장을 찾아주신 방문객 여러분을 진심으로 환영합니다.
부디 ○○산장에서 잊지 못할 추억을 만들어 가시기 바랍니다.

- ○○산

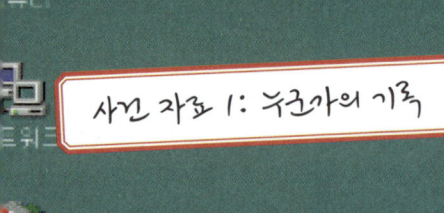

사건 자료 1: 누군가의 기록

[XX년 XX월 27일 오전 3시 49분에 저장된 글입니다.]

이건 다 그 새끼 때문이다. 괜히 가만히 있는 사람을 살살 긁는다니까?
보면 회사에 일하러 오는 게 아니라 부장한테 알랑방귀나 뀌러 오는 것 같아. 오늘만 해도 그래. 나는 일하느라 밥도 못 먹었는데, 지는 부장님이랑 같이 나가서 삼계탕을 처먹고 왔더라? 어떻게 저런 새끼가 나보다 승진이 빠를 수 있지? 나는 주말에도 일하는데? 세상은 불공평해. 왜 성실하게 일하는 사람보다 남의 비위나 맞추는 놈이 더 잘나가냔 말이야. 아… 진짜 너무 짜증나….
도대체 왜 그 새끼는 나보다 좋은 대접을 받는 걸까? 나보다 좋은 대학을 나와서? 부장님 고등학교 후배라서? 대학교 학생회장 출신에 나보다 키가 더 커서? 외모는 중요하지 않잖아. 얼굴로 일할 것도 아닌데. 시발 나한테 왜 이러는 거냐고!!
며칠 전에는 동기한테 그 새끼 여우 같다고 욕을 좀 했는데, 동기가 글쎄 나한테 그러는 거야. 네가 부족하고 삐뚤어진 건데 왜 남을 깎아내리느냐고. 그러고는 날 벌레 보듯이 쳐다보더니 그냥 가버렸어. 동기도 웃기고 그 새끼도 웃기고 그냥 다 웃김.ㅋ
절대로 내가 지질한 게 아니야. 그 새끼가 먼저 재수 없게 굴지만 않았다면 내가 이렇게까지 하겠느냐고? 이거 봐. 생각할수록 다 그 새끼가 원인 제공을 한 거야. 내 잘못 아닌 게 확실함ㅇㅇ 무튼, 내가 하고 싶은 말은 이거야. 이 물건으로 인해 무슨 일이 생긴다 해도, 그건 내 잘못이 아니라는 거. 먼저 사람을 짜증 나게 만든 게 죄지.
이제 모든 준비는 끝났다. 이걸 사용하면 그 새끼는 오늘 당장 이 세상에서 꺼져버릴 테고, 나도 보란 듯이 살 수 있을 거다. 그 새끼처럼. 동기들이랑 어울려서 카페도 가고, 적당히 부장님 비위나 맞춰주면서 편히 승진하고….
하… 막상 시간이 다가오니까 떨리기는 하네. 좋아. 이제 곧 네 시니까 준비하러 가야겠다. 제발 한 번에 성공할 수 있기를!

사건 자료 2: 수상한 상품 전단지

당신이 끔찍이 싫어하는 그 사람에게 복수하세요!!

사용 방법은 간단하지만
효과는 아아아아주 확실하답니다!

존재 자체가 너무너무 끔찍해서
당신의 세상에서 지워버리고 싶은
사람이 있나요?

그럼 이 헤이터 이레이저 를 써보세요!

총 5단계의 아주 간단한 방법으로
저어얼대 풀 수 없는 저주를 걸어드립니다!

출시 기념 특별 무료 이용 이벤트 중이니
원하시는 분은
00-0000으로 전화 주세요~~!!

헤어 이레이저 사용 설명서

1단계. 반드시 혼자여야 합니다.

2단계. 조용한 곳에서 제품의 손잡이를 양손으로 쥐고 새벽 네 시가 되기를 기다려주세요.

3단계. 새벽 네 시가 되었다면 마법의 주문을 외우세요.
두 눈을 감고 당신이 제일 싫어하는 사람을 떠올리며 당신의 이름을 네 번 외쳐주세요.

4단계. 제품 손잡이에 당신의 이름이 떠오른다면 성공입니다.
이름을 확인했다면, 제품 입구가 몸 쪽을 향하게끔 들고 고리를 힘껏 잡아당겨주세요.

5단계. 눈을 떴을 때, 당신의 소원은 이미 이루어져 있을 겁니다.

만약 사라지지 않았다면, 다음 날 다시 한 번 시도해보세요.

<주의 사항>

절대로 타인에게 헤어 이레이저에 대해 알리거나 보여주지 마세요.
오직 당신만을 위해 특별 제작된 제품이거든요.
비밀을 유지해주시면 감사하겠습니다.

본사는 효과에 대해선 100퍼센트 책임집니다.

사건 자료 3: 누군가의 제보를 기반으로 한 녹취록과 사진들

어느 날 이상한 카세트테이프와 사진 몇 장이 도착했다. 수신인도 발신인도 지정되지 않은 채로. 사진들은 어느 공간의 모습과 몇몇 제품의 이미지를 담은 것으로 추정된다. 아래의 녹취록은 카세트테이프를 듣고 기록한 것이다. 녹음 품질이 좋지 않아 대화의 일부분은 잘 들리지 않는다.

....

「어서 오세요. [노이즈] 만물상은 당신을 기다리고 있었습니다.
어떤 물건을 찾으시나요?」

[모기처럼 웅웅대는 소리]

「그렇군요…. 그럼 제가 몇 가지 추천해드리죠.
절 따라오세요. 하나씩 소개해드릴 테니.

저희 만물상에는 크게 여섯 종류의 물건들이 있어요.

첫 번째, 주술.
두 번째, 주문.
세 번째, 저주.
네 번째, 공격.
다섯 번째, 방어.

그리고 마지막 여섯 번째, 금지된 마법이 걸린 것입니다.

여섯 번째 유형은 [노이즈] 이후에 판매가 금지되었지만,
저희를 믿고 방문해주시는 고객님들을 위해 어렵사리 구해놓았지요.
다만 말 그대로 죽음을 무릅쓰고 준비해놓은 상품들인지라,
평소에는 진열해두지 않아요.
그만한 가치가 있는 고객님들께만 보여드리죠.
이 점은 양해 부탁드릴게요. [낮은 웃음소리]

이쪽으로 오세요. 이곳은 주술과 주문 코너입니다.

주술 제품을 사용하기 위해서는 마법진이,
주문 제품을 사용하려면 마법 주문이 필요하죠.
그게 주술 제품과 주문 제품의 차이점입니다.
주술 제품들은 완제품이라 다루기 쉽고 그만큼 값도 싸답니다.
[유리 달그락거리는 소리가 계속 들린다]
부작용도 거의 없는 편이라, 처음 접하시는 분들에게 제일 추천해드려요.

물론 주문 제품 사용법도 그리 어렵지는 않아요.
설명서만 제대로 읽는다면 주술 제품 못지않게 간단하죠.
진열대에 놓인 제품들이 마음에 차지 않는다면, 창구에 문의해보세요.
더 강력한 제품도 제작할 수 있으니까. 다만 사용법은 조금 어려워지죠.
[목소리가 작게 깔린다. 마치 귓가에 속삭이기라도 한 듯.]

자, 여기 주문서가 있습니다.
여기 이 항목들을 기입해서 창구에 건네주시면 됩니다.

만물상에서 제일 잘나가는 주술 제품은 이렇습니다.

그 사람은 차가웠습니다.
사랑받고 싶어서 몰래 사용했죠.
영원히 내 것으로 만들고 싶었을 뿐입니다.
이제 그 사람과 영원히 함께 있을 수 있어요.
항상 그의 안에 존재할 수 있어, 전 행복하답니다.
그런데 왜 전 눈물만 나는 걸까요?

사랑하는 사람의 마음에 단숨에 들어가게 해주는
러브 스톨른 유어 하트(Love Stolen Your Heart)

한 사람이 걸어 들어옵니다.
한 명이 더 걸어 들어옵니다.
다시 보니 하나도, 둘도 아닌 셋이었습니다.
아, 회색 그림자를 보니 한 명이네요.

무엇이든 원본과 똑같이 카피해주는
에메랄드그린 카피 캣(Emerald Green Copy Cat)

그밖에도 이런 것들이 있어요.

마음을 원하는 상태로 돌릴 수 있는 마인드 컨트롤러(Mind Controler)
작지만 완벽한 행운을, 마이 리틀 럭키 클로버(My Little Lucky Clover)

「아…. 마음에 드시는 게 없나 봐요. 그럼 이번에는 저주 코너로 가볼까요?」

[이동하는 듯 발소리가 들린다.]

「이곳이 저주 코너입니다.

주술 및 주문 코너에 비해서 많이 어둡죠?
발아래에 계단이 있으니 조심하세요.
[발소리가 갑자기 멈췄다가 다시 들린다.]
저주 제품들은 대부분 빛에 약해서 지하에 진열해두고 있습니다.

아, 이건 뭐냐고요? 싫어하는 사람을 당신의 인생에서 확실하게 지워주는
헤이터 이레이저(Hater Eraser)랍니다.

만물상의 모든 제품은 하나같이 효과가 뛰어나지만,
그중에서도 저주 제품들은 특히 대단하지요.
흔히 저주를 걸면 자신에게도 후유증이 나타나는 것으로 알려져 있지만,
저희 제품들은 부작용이 일절 없어요. 안심하셔도 됩니다.
하지만 그만큼 가격은 상당히 높은 편이죠.
수많은 제품이 있지만, 여기서는 제일 효과 좋은 한 가지만 소개해드릴게요.

시간이 지나도, 인형 하나가 가만히 앉아 있기만 했다.
시간이 다시 지나, 이번엔 노을이 졌다.
인형 하나는 가만히 앉아 있다.

그런데 왜 그림자는 하나가 아닐까.
끝없이 찾아오는 손님

이것말고도 '진실의 부두인형' '안녕 이제는 안녕이야' '한여름의 열광' 등이 있으니, 나중에 천천히 구경해보세요.
그럼 다음 코너로 가볼까요?」

[이동하는 듯 발소리가 들린다.]

「이곳은 공격과 방어 코너입니다.

자유 의지를 가진 것이 많으니, 주의하세요.
많이 덥죠? 겉옷을 벗어서 제게 주세요. 나가실 때 돌려드릴게요.

말씀드렸다시피, 만물상은 최고 성능의 제품만 판매합니다.
어중이떠중이들이 만들어낸 것과는 차원이 달라요.
공격 제품들은 뚫지 못할 방패가 없고, 방어 제품들은 못 막을 창이 없죠.
그중 저희가 제일 자부하는 공격 제품은 이것입니다.
[무언가 떨어져 깨지는 소리가 들린다.]

장수가 말했다.
"이 검은 천하제일의 월도다! 이 전투에서 적군의 목을 제일 많이 베는 자에게 이 월도를 하사하겠다!"
이에 사기충천한 병사들은 함성을 지르며 앞으로 나아가 거침없이 적들의 목을 베어 나갔다.

전투 후, 월도는 한 병사의 손에 들어갔다.
그리고 다음 전투에서 장수의 군대는 패배했다.

붉은 산을 가린 월도

어딘가 수수께끼 같은 이야기죠?
이외에도 반구, 채찍 연검 등이 있어요.
공격 제품들 중에서는 검류가 제일 인기가 많습니다.
총이나 화학 무기 들도 있긴 하지만… 역시 검류만은 못하죠.

방어 제품은 창구에서 직접 주문하셔야 합니다.
원하시는 제품명을 창구에 말씀하시면 되는데,
제품명을 모르실 때는 "해답을 찾으러 왔습니다."라고만 말씀하세요.
공격과 방어 코너도 이만 지나가죠.」

[일정하게 들리던 소리가 그친다. 나무판자 끼익거리는 소리가 잠깐 들리다가
이내 멎는다. 조금 전까지보다 작은 목소리가 들린다.]

「원칙적으로 금지된 마법이 걸린 것은 보여드리지 말아야 하지만…
고객님께만 특별히 보여드리는 겁니다.
오랜 시간 이곳에서 다져온 제 감에 비추어 볼 때, 어쩐지 고객님은
앞으로 우리와 깊은 인연을 맺게 될 것 같거든요. [웃음소리]

이 코너에는 아무래도 위험한 제품들이 모여 있다 보니
[무언가 움직이는 소리가 들린다.] 입장 동의서를 작성해주셔야 해요.
여기에 서명 부탁드려요. 아, 위험한 건 절대 아니니 걱정 마시고요.」

[종잇장 넘기는 소리와 펜촉이 거친 표면을 긁는 소리가 들리다가 이내 그친다.]

「서류는 제게 주시고, 이 슈트를 입어주시겠어요?
고객님은 원칙적으로 이곳에 계셔서는 안 되기에 다른 직원들에게
들키기라도 하면 제 입장이 곤란해져요. 약간의 위장이랄까요?」

[웅얼거리는 목소리. 정확히 뭐라고 하는지는 파악할 수 없으나 걱정하고 있는 것 같다….]

「네, 당연하죠. 걱정 마시고 이렇게, 그렇죠. 천천히, 천천히…. 다리부터,
그다음은 머리를…. 제 목소리 들리시나요? 네, 알겠습니다.」

[무언가의 가죽 내지는 껍질이 벗겨지는 듯한 소리]

「잠시만 그대로 계세요. 눈을 뜨면 모든 게 끝나 있을 겁니다.
그저 편안한 꿈을 꾼다고 생각하세요.

자…. 그럼 [노이즈] …부터 해야겠군요. 간만에 [노이즈] 다행입니다….
안 그래도 걱정하고 있었는데, [노이즈] 마침 이렇게 딱 맞는 것이….」

[무언가를 톱질하는 소리, 으깨지는 소리]

[이내 소리가 그치고 오 분 정도 정적이 이어지다가 테이프는 완전히 끝났다.]

학고에 있는 무언가

[XX년 XX월 XX일] ○○고등학교 저녁 방송 녹음본 1.mp3

[잔잔한 오프닝 음악이 흘러나온다.]

「잠시 후, ○○고등학교 저녁 방송이 시작됩니다.」

[종소리가 들린 후, 스피커를 통해 경쾌한 오프닝 음악이 흘러나온다. 이내 음악이 그치고 아나운서가 밝은 목소리로 멘트를 시작한다.]

"재학생 여러분 안녕하십니까? 저는 오늘부터 저녁 방송을 맡게 된 방송부 1학년 하예림이라고 합니다. 오늘 들려드릴 코너는 많은 사랑을 받아온 우리 학교 방송부의 인기 코너 '공포 사연 라디오'입니다! 신입생 여러분께는 조금 생소할 수도 있겠네요. 공포 사연 라디오는 재학생 여러분의 참여로 진행됩니다. 직접 겪은 공포 사연이나, 창작 공포소설 혹은 인터넷에서 발견한 무서운 이야기를 제보해주세요. 분량에는 제한이 없으며 익명 제보도 당연히 가능합니다. 그럼 XX년도 1학기 첫 번째 공포 사연 라디오, 지금부터 시작하겠습니다.

'Ss_upicc22' 님이 제보해주신 이야기입니다. 지금으로부터 약 십 년 전, 겨우 이 년 정도밖에 안 된 고등학교에서 수상한 소문이 돌기 시작했습니다. 본관 4층 화장실을 청소하러 간 학생이 토막 난 시체를 발견했다는 둥, 한밤중에 시퍼렇게 날이 선 중식도를 들고 다니는 요리사가 학교를 돌아다니다가 학생들을 잡아간다는 둥, 어떤 학생이 학교에서 아직도 꿈틀거리는 무언가를 발견했다는 둥…. 학교와 관련된 별별 소문들이 출처 없이 돌아다녔다고 해요.

　대체로 소문이 이처럼 빠르게 퍼질 때는 목격자가 있기 마련입니다. 실제로 당시에도 목격자의 증언이 있었다고 하네요. 오늘은 많은 소문 중에서도 '밤에 자리를 떠난 학생은 두 번 다시 돌아오지 못한다'는 괴담에 대해 들려드리겠습니다."

🎙️

안녕하세요? 저는 올해 2학년이 된 학생입니다. 여러분, 혹시 야자 괴담에 대해 들어보셨나요? 저는 작년 이맘때 당시 기숙사 룸메이트였던 언니에게 이 이야기를 들었어요.

여자 기숙사 야간자율학습실에서 일어난 일이래요. 다들 자습을 하고 있는데 A와 B라는 학생이 무단으로 자리를 이탈했다나요? 당시 옆자리에 앉아 있었다는 학생 C의 증언에 따르면, 교과서를 두고 왔다며 잠시 교실에 다녀오겠다고 하고 자리를 떴대요.

그런데 그렇게 나간 친구들이 야자 시간이 다 끝나도록 돌아오지 않았다는 거예요. 평소에 뺀질거리는 타입이었으면 그러려니 했을 텐데, 항상 성실하게 참여해 왔던 친구들이래요. 결국 C는 감독관 선생님께 이 사실을 알렸다고 합니다. 사실 학생이 야자 시간에 자리를 이탈하는 게 그렇게 심각한 문제는 아니잖아요? 기껏해야 벌점 정도 받겠죠. 그런데 그때 선생님은 유독 민감하게 반응하며 친구들을 찾으러 가셨대요.

몇 시간 후, 선생님 손을 잡고 돌아온 학생은 B 한 명뿐이었습니다.

후에 들려 오는 소문에 따르면 선생님은 2학년 3반 교탁 밑에서 떨고 있는 B를 발견하셨대요. 왜 거기 그러고 있느냐, A는 어디 있느냐, 물어도 B는 아무 말 하지 않고 울기만 했다고 합니다. 그 뒤 선생님과 경찰, A의 가족까지 와서 A를 찾았지만, 끝내 발견되지 않았습니다. 그날 이후 B는 등교를 거부하다가 자퇴하고 이사를 갔다고 합니다.

A는 어디 간 걸까요? 그리고 B는 학교에서 도대체 무슨 일을 겪은 걸까요? 그

날 있었던 일에 대해서는 여전히 아무도 알지 못합니다.

🎤

"흠… 어딘가 끝맛이 개운하지 않은 이야기네요. 왜 밤에 자리를 떠나서는 안 되는지, A는 어떻게 되었는지, 아무것도 알 수가 없잖아요? 그런데 말이죠, 여러분! 방송부에서 얼마 전 이 괴담의 진실을 밝힐 수 있는 열쇠 하나를 입수했습니다! 혹시 수상한 가정통신문에 대해 알고 계신가요? '흔한 고등학교 안내문'이라는 제목을 달고 인터넷 여기저기에 돌아다니던 사진인데, 이 사연과 관련이 있는 것 같아 이번에 검색해보니 온데간데없이 사라져버린 거예요. 너무 수상하지 않나요? 네? 그게 사연이랑 무슨 상관이냐고요? 상관있지요. 가정통신문 아래 쓰인 학교 이름이 우리 학교와 같았거든요.

인터넷상에서는 볼 수 없게 되었지만, 찾아보니 다행히 제가 미리 저장해둔 파일이 있었어요. 여러분께 읽어드리겠습…

습─────────────치직─────────────니다
　　치───────────────치직───────────────
　　　　　　　　　────────────────

[귀가 찢어질 것 같은 노이즈가 꽤 오래 흘러나온다.]

[정적]

[이윽고, 다시 아나운서 멘트. 전과는 다른 목소리다.]

「죄송합니다. 현재 방송 상태가 좋지 않아 부득이하게 오늘 저녁 방송은 여기서 마치도록 하겠습니다. 더불어 따로 안내드릴 내용이 있으니 오늘 사연을 보내주신 학생은 지금 당장 방송실로 와주시길 바랍니다.

방송 상태가 고르지 않았던 점, 다시 한 번 사과드립니다. ○○고등학교 공포 사연 라디오는 내일 이 시간에 다시 뵙도록 하겠습니다.」

[엔딩 음악이 흘러나온다.]

[XX년 XX월 XX일] ○○고등학교 저녁 방송 녹음본 2.mp3

[오프닝 음악이 흐른다.]

"안녕하세요. 여러분? 저는 일일 아나운서를 맡은 3학년 진이현이라고 합니다. 공포 사연 라디오 진행을 맡은 1학년 하예림 학생이 부득이한 사정으로 자리를 비우게 되어 제가 2년 만에 대신 마이크를 잡았습니다.

자, 추적추적 비가 내리는 오늘 같은 날엔 친구들과 무서운 얘기를 해보면 어떨까요? 마침 오늘은 야간자율학습 감독 선생님들도 안 계시니까, 삼삼오오 모여 추억거리를 하나 만들어도 좋을 것 같네요.

오늘 사연은 방송부에 대대로 내려오는 이야기를 조금 각색한 것입니다. 무려 1학년 신입 부원들이 만든 첫 오리지널 대본인데요, 제가 1인 2역으로 맛깔나게 읽어보겠습니다. 다들 궁금하시죠? 좋아요! 그럼 시작하겠습니다!"

🎤

[방과 후, 방송부 후배들이 선배에게 묻는다.]

- 선배, 혹시 방송실 열쇠 가지고 계세요?

- 응? 그거 너희가 가지고 있는 거 아니었어? 너희가 점심 방송 했잖아.

- 네? 어제 선배가 저보고 점심 방송 안 해도 된다고 하셨잖아요…. 그래서 저는 오늘 방송실에 안 갔는데요.

\- 나 어제 점심 먹기 전에 조퇴했어.

\- …선배 지금 장난하시는 거죠?

\- 잘 생각해봐. 내가 저번 달부터 대회 준비로 일주일간 점심 방송 불참한다고 얘기했잖아.

\- 저도 정말 장난치는 거 아니에요. 그건 진짜 선배였단 말이에요. 어제는 희은이도 못 와서 방송실에 저랑 선배 둘뿐이었다고요.

\- 아… 혹시 어쩌면… 네가 그걸 본 건지도 모르겠다.

\- 그거요?

\- 우리 방송부에 되게 유명한 얘기가 하나 있어. 너, 방송실 벽에 거울 하나 있는 거 알지?

\- 네모난 금테 거울이요?

\- 그래 그거. 일 년에 한 번, 그 거울에 모습이 비쳤던 사람과 똑같이 생긴 가짜가 신입 부원 앞에 나타난다는 소문이 있거든. 와, 그게 진짜였다니!

\- 그럼 어제 제가 만난 사람이 귀신이라고요…?

\- 너무 걱정하지는 마. 위험한 건 아니래.

- 그래도 소름 돋는다고요! 그리고 방송실 열쇠는 또 어떡해요?

- 아 참… 열쇠를 잊고 있었네. 내가 다른 애들한테 물어볼게.

🎤

「이야기는 이렇게 끝입니다. 어딘가 싱거운 것 같아도, 방송부에서는 유명한 이야기랍니다. 거울에 비친 사람과 똑같은 모습을 한 사람이 생긴다는 게 신기하지 않나요? 어느 해에는 가짜 사람이 나타나지 않았는데, 생각해보니 방송실 거울이 깨져서 그랬던 것 같아요. 올해 거울을 새로 걸었더니 또 나타났거든요. 나랑 목소리도 모습도 똑같은 사람이 다른 사람 앞에서 내 흉내를 낸다면 여러분은 어떨 것 같으세요? 어우… 전 생각만 해도 기분이 이상하네요.

흠흠. 오늘 공포 사연 라디오는 이만 마치려 합니다. 학우 여러분, 오늘 학교에서의 남은 시간도 잘 마무리하시길 바랍니다. 일일 아나운서 현이진이었습니다. 내일은 원래대로 만나요! 다들 안녕!」

[잔잔한 엔딩 음악이 흐른다.]

[XX년 XX월 XX일] ○○고등학교 저녁 방송 녹음본 3.mp3

[오프닝 음악이 흐른다.]

「학우 여러분! 안녕하십니까? 오늘 공포 사연 라디오에 들어온 사연은 하나뿐인데다 조금 짧습니다. 아이디 '00xupvzio' 님이 보내주셨습니다.」

[약간의 잡음. 아나운서의 목소리도 살짝 먹먹하다.]

🎙

림이 곧 뜹니다. 다들 라를 늬리메 주세요. 저희는 녜류긴뇌 근처 지히퓨에서 지내고 있습니다. 쳬늁읜 늘어나요. 쇼쳰개 는 않지만 곧 그럴 것 같습니다.
조만간   해요. 넸긔   않는 곳으로. 예윈을 듣고 싶습니다.   민 주세요.

🎙

「우와 이건 뭐죠? 암호 같은 건가요? 읽는데 조금 힘들었습니다. 하하. 방송부원들이 다 같이 이 사연을 해독해보려고 했는데 실패했습니다. 사연을 보내주신 분이 '혹시 이 사연을 해독한 학생이 있다면 림이 뜬 날 계쯤에서 만나자'고 덧붙여주셨습니다. 한 분이라도 제보자님과 뜻이 통하기를 바라며, 오늘 공포 사연 라디오는 이만 마치도록 하겠습니다. 다들 행복한 한때 보내시길 바랍니다.」

[엔딩음악이 잔잔하게 흘러나온다.]

[XX년 XX월 XX일] ○○고등학교 저녁 방송 녹음본 4.mp3

[오프닝 음악이 흘러나온다.]

「음음. 아아. 안녕하십니까. 제 목소리가 매끄럽지 못한 점은 양해 부탁드리겠습니다. 오늘은 방송부 사정으로 인해 사연이 짧습니다. 공포 사연 라디오 9화 시작하겠 다.」

[잡음이 심하다. 뭘 건드린 건지 소리가 갑자기 커졌다가 작아진다. 이내 잡음이 조금 사라지고 목소리가 들리기 시작한다.]

안녕하세요. 제 친구는 평소에 **[노이즈]** 같은 걸 엄청 좋아합니다. 저는 그런 걸 별로 좋아하지 않지만 친구가 좋아한다니까 이야기를 들어주곤 했죠. 그러던 어느 날 친구는 말했어요. **[노이즈]** 고등학교 관련된 걸 찾았고, 라디오에 제보할거라고요. 그리고 얼마 전 라디오 코너에 제 친구가 보낸 사연이 소개되었습니다.

그날 저는 석식을 일찍 먹고 혼자 화장실에 가서 방송을 들으며 이를 닦고 있었어요. 그런데 갑자기 스피커에서 지지직거리는 소리가 심하게 들리더니 방송이 끝나버렸어요. 방송사고가 심하네, 생각하면서 교실로 돌아왔는데, 친구가 없었습니다. 휴대폰을 확인해보니 친구가 2분 전 보낸 문자 메시지가 남아 있었어요. 방송실에서 자길 불렀다고, 다녀오면서 매점도 들르겠다는 내용이었죠. 전 친구를 기다렸습니다.

시간이 흘렀습니다. 야자가 시작되어도 친구는 돌아오지 않았습니다. 지금까지도. 제 친구는 어디로 간 걸까요? 친구를 기다리는 제게 사람들은 말했습니다. 그런 사람은 없다고. 네, 맞아요. 제 친구는 더는 이 세상에 존재하는 사람이 아니게 된 거예요. **[노이즈]** …에서는 어떻게 된 건지 다 알고 있겠죠?

「아 네. 오늘 사연은 이렇게 끝났습니다. 제 목소리처럼 오늘 따라 방송 상태가 많이 안 좋네요. 정말 죄송합니다. 그리고 한 가지 아쉬운 소식을 전해드려야 할 것 같습니다. 공포 사연 라디오는 오늘이 마지막입니다. 최근 사연 참여율이 저조해서, 계속 진행하는 건 무리라고 판단하였습니다. 지금까지 공포 사연 라디오를 사랑해주신 학생 여러분께 진심으로 감사드립니다. 다음에 더 좋은 코너로 돌아오도록 하겠습니다. 감사합니다.」

[엔딩 음악 없이 방송이 끊긴다.]

영화관 근무자를 위한 업무 매뉴얼

○○영화관에서 일하게 된 당신을 열렬히 환영합니다!

전임 직원을 통한 인수인계 절차가 없으니,
업무에 임하기 전 함께 드린 안내서를 충분히 숙지하기 바랍니다.
업무 혹은 안내서와 관련된 문의를 상시 받고 있습니다.
언제든 편하게 문의하세요.

종일 근무자의 하루 일과는 다음과 같습니다.

평일(월~금) 오전 10시 30분까지 출근.
오전 12시~오후 2시까지 교대로 점심 식사.
오후 5시~6시까지 교대로 저녁 식사.
오후 8시 전체 퇴근.

당신의 근무처는 B동입니다.
다만, 담당하게 되는 구역은 유동적이니
매일 출근한 뒤 본인의 담당 구역을 확인하기 바랍니다.

소지품은 직원 휴게실 내 본인 이름이 적힌 캐비닛에 넣어두면 됩니다.

모든 항목을 충분히 숙지했다면, 이 안내서를 항상 소지할 필요는 없습니다.

만약 소지한다면 16분의 1 크기로 접어 휴대하시고,
캐비닛에 보관할 때는 빳빳하게 펴 벽면에 붙여두십시오.
안내서는 잘 찢어지는 소재이니 언제나 훼손에 유의하십시오.

안내서를 분실하였을 때는 즉시 파트너와 함께 3층 본부로 가 재발급받으십시오.

안내서 보관 수칙을 무시하거나 외부로 반출하여 생기는
문제의 책임은 당사자에게 있습니다.

마지막으로, ○○영화관은 함께 일하게 된 여러분을 진심으로 환영합니다.

B동 근무자 안내서

종일 근무자의 업무는 다음과 같습니다. 해당 안내서에 작성되지 않은 문제가 발생할 경우 임의로 처리한 후, 상부에 해당 건에 관해 보고하면 됩니다. 해당 안내서는 여러분의 경험을 토대로 갱신됩니다. 직원 여러분의 무운을 빕니다.

1. 종일 근무자는 2인 1조로 근무합니다.
1-1. 파트너를 구별할 수 있도록 암호를 정하십시오. 매일 새롭게 갱신하십시오.

2. 당사 유니폼은 붉은 상의와 붉은 모자, 검은 하의입니다.
2-1 만일 검은 상의와 모자, 붉은 하의를 입은 직원이 나타난다면 그를 3층 매니저실로 보내십시오.

3. 여벌 유니폼은 매점 뒤 라커룸에 있습니다.
3-1. 창고는 매일 오후 4시부터 4시 30분까지 일시적으로 폐쇄됩니다. 직원 여러분들께서는 해당 시간 전에 꼭 창고에서 볼일을 끝마치시길 바랍니다.

4. ~~점심과 저녁 식사가 제공됩니다. 직원 휴게실에 비치된 식사 카트를 이용해 각 조 교대로 식사하십시오. 도시락 등 개인적으로 준비한 음식도 허용됩니다.~~
4-1. 식사 카트 대신 직원 개개인의 기호와 영양 상태에 맞춘 개별 도시락을 제공합니다. 알레르기 반응을 일으키는 식품이 있다면 매니저에게 전달하십시오.

5. 6층 8관에 대해 떠도는 소문은 사실이 아닙니다. 직원 여러분은 고객들에게 사실을 안내하시기 바랍니다. 상영관 내에서는 사망자 또는 실종자가 나온 적이 없습니다.

6. 바닥 청결 상태를 점검하다 D11 좌석에서 물기 어린 발자국을 발견했다면 매점으로 가십시오. 매점에서 사탕을 받아 놓아둔다면 발자국은 사라질 것입니다.

7. B동 F층에는 4관이 존재하지 않습니다.
7-1. 4관 영화를 예매했다는 고객이 있다면 기기 오류라 설명하고 매표소에 재발급을 요청하십시오.
7-2. [갱신 요망]

8. 매니저복을 입은 남자가 따라오라고 하면 정중한 말투로 매니저실로 찾아가겠다고 대답하고 업무를 계속하십시오.
8-1. ○○영화관에는 남자 매니저가 없습니다.

9. B동에는 지하층이 있습니다. 주차장은 지하 2층까지 있으나, 현재는 지하 1층만 개방된 상태입니다. 주차시설을 찾는 고객들에게 지하 1층 주차장을 안내해주십시오.

10. 내부 리모델링으로 A동은 전면 폐쇄되었습니다. A동과 이어지는 구름다리도 폐쇄되었으니, 해당 시설 접근을 제한해주십시오.

11. 영화관 직원들 사이에는 기수가 없습니다. 만일 2기 직원을 만난다면 아무 말 하지 말고 상영 중인 관으로 들어가십시오. 30분 이상 머물 것을 권합니다.

+XX년 XX월 XX일 안내서 9번 항목이 갱신되었습니다. (前 최현미 직원)

목격자의 일기

XX년 1월 27일 목
오늘은 수월했다. 간만에 말썽 부리는 손님이 한 명도 없었다. 새로 들어온 학생이 일은 좀 더디고 말도 잘 못 알아먹지만, 전에 있던 놈보다는 훨씬 낫다. 걔는 처음부터 불안했다. 그래도 이렇게 빨리 바뀔 거라곤 예상 못 했는데. 이번에 들어온 애는 부디 오래 가기를 바란다. 매번 새로 가르치는 것도 귀찮고, 새 사람에 적응하는 것도 지친다.

XX년 1월 31일 월
간만에 A동에서 호출이 와 찾아갔는데 직원들이 그새 다 바뀌어 있었다. 뭐 나랑은 상관없는 이야기지. A동 호출 건도 잘 마무리되었다.

XX년 2월 2일 수
오늘도 평화로웠다. 다만 요새 A동에서 호출이 잦다. 막상 가보면 별일은 없다. 다음 주에는 ●●●●을 한다. 제발 무사히 지나갔으면 좋겠다.

XX년 2월 8일 화
신입과 매니저랑 셋이서 준비한 것들을 들고 2층으로 향했다. 일 년에 한 번씩 행하는 이 일도 올해로 네 번째다. 매년 하던 대로 하고 남은 것들은 창고 한구석에 넣어두고 내려왔다. 일이 끝난 후 신입은 아무것도 묻지 않았다. 그렇게 한동안 말이 없더니 순찰을 나가 한참 돌아오지 않았다. 걱정돼서 찾아 다니다 거울을 깨뜨렸다. 거울을 깨뜨리면 재수가 안 좋다는 말이 있다. 미신이라지만 그래도 찝찝하다. 평소보다 길었던 하루. 얼른 씻고 자고 싶다.

XX년 2월 11일 금
요 며칠 계속 바빴다. 새로 들어온 직원들이 하나같이 전화로 울어대는 통에 달랜다고 진땀을 뺐다. 멍청한 놈들. 신입은 갑자기 일 처리가 빨라졌다. 진즉에 그럴 것이지.

XX년 2월 12일 토
몸이 좋지 않다. 계속 춥고 몸이 떨린다. 감기약도 듣지 않는다. 신입이 걱정된다는 듯 자기 담요며 옷가지를 덮어주었다. 성의는 고마웠지만, 오한이 심해져 조퇴했다. 월요일까지 회복되지 않으면 하루 더 쉬기로 했다.

XX년 2월 14일 월
병원에 다녀왔는데 정상이란다. 열도 없고 목 안과 콧속도 깨끗하단다. 아파서 죽을 것 같은데 어쩌지···. 영화관에 연락하니 몸이 나을 때까지 쉬어도 된단다. 사 년 동안 개근한 보람이 있다.

XX년 2월 17일 목
복귀했다. 아직 으슬으슬하지만 그럭저럭 버틸 만하다. 며칠 더 쉴 수도 있었지만, 신입 혼자 있는 것이 마음 쓰여 그냥 출근했다. 내가 없는 사이에 실수라도 하면 어떡해.

XX년 2월 18일 금
···오늘 이상한 걸 봤다. 오전에 긴급호출이 와서 지하 2층에 내려갔는데,

이상한 형체가 있었다. 수없이 많은 팔다리가 달린···. 그것은 내가 들고 있는 손전등 빛에 반응하여 꿈틀거리더니, 엄청나게 빠른 속도로 날 향해 다가왔다. 나는 죽을힘을 다해 경비실로 달려왔다.
오늘은 여기서 자야겠다. 이곳만은 안전하다. 뭐든지 경비실 안에는 못 들어왔으니까. 그래도 쉽게 잠 못 드는 밤이 될 것 같다. 그것이 계속 경비실 주위를 맴돌며 창을 두드린다···. 본사에 알려도 알겠다고만 대답한다. 도대체 뭘 알겠단 건데?

XX년 2월 19일 토
해고통지서를 받았다. 짐 챙길 틈도 없이 쫓아내면서 퇴직금은 똑바로 챙겨주겠단다. 어이없다. 사 년 세월이 고작 이렇게···. 친구에게 알리니 난리를 치며 인터넷에 부당해고를 공론화하라고 했다. 그래, 이 자식들아. 어디 두고 보자.

XX년 2월 21일 월
인터넷에 글을 올리는 족족 삭제된다. 관리자에게 문의하니 게시판 공지 규정에 어긋나는 글이기 때문이라고 한다. 이게 왜 문제라는 거지? 비슷한 제보 글들을 내가 얼마나 많이 봤는데? 너무 답답하다.

XX년 2월 23일 수
간만에 친구를 만나 식당에 갔다. 그러다 화장실에 들어갔는데··· 거울에 그것의 모습이 비쳤다. 난 본능적으로 알 수 있었다. 날 잡으러 오는구나.

체면 내팽개치고 매니저에게 연락했지만 받지 않는다. 지푸라기 잡는 심정으로 112에 전화해도 몇 번 신호가 가다가 끊어져버린다.
내일 첫차로 이모가 있는 남쪽 P시에 갈 생각이다. 꽤 떨어진 곳이니까 거기까지는 못 올 거다.

XX년 2월 25일 금

P시에 내려온 지 이틀도 되지 않았지만, 다시 이동한다. 이번엔 동쪽으로 간다.

XX년 2월 28일 월

다행히 제법 너른 동굴을 찾아 지내고 있다. 그동안 이상한 것은 전혀 없었다. 마음은 편하지만, 배가 고프다···. 아까 밝을 때 먹을 것을 구하러 나갔다 왔다. 겨울이라 기대하지 않았는데, 깊은 곳에 아직 열매가 남아 있었다. 지금까지 별 탈 없는 것을 보아 독은 없는 것 같다.
이게 무슨 꼴이지? 일주일만 더 숨어 있다가 다시 집으로 돌아가야겠다.

XX년 2월 29일 화

들켰다.

이런 거였구나.

이렇게
고통

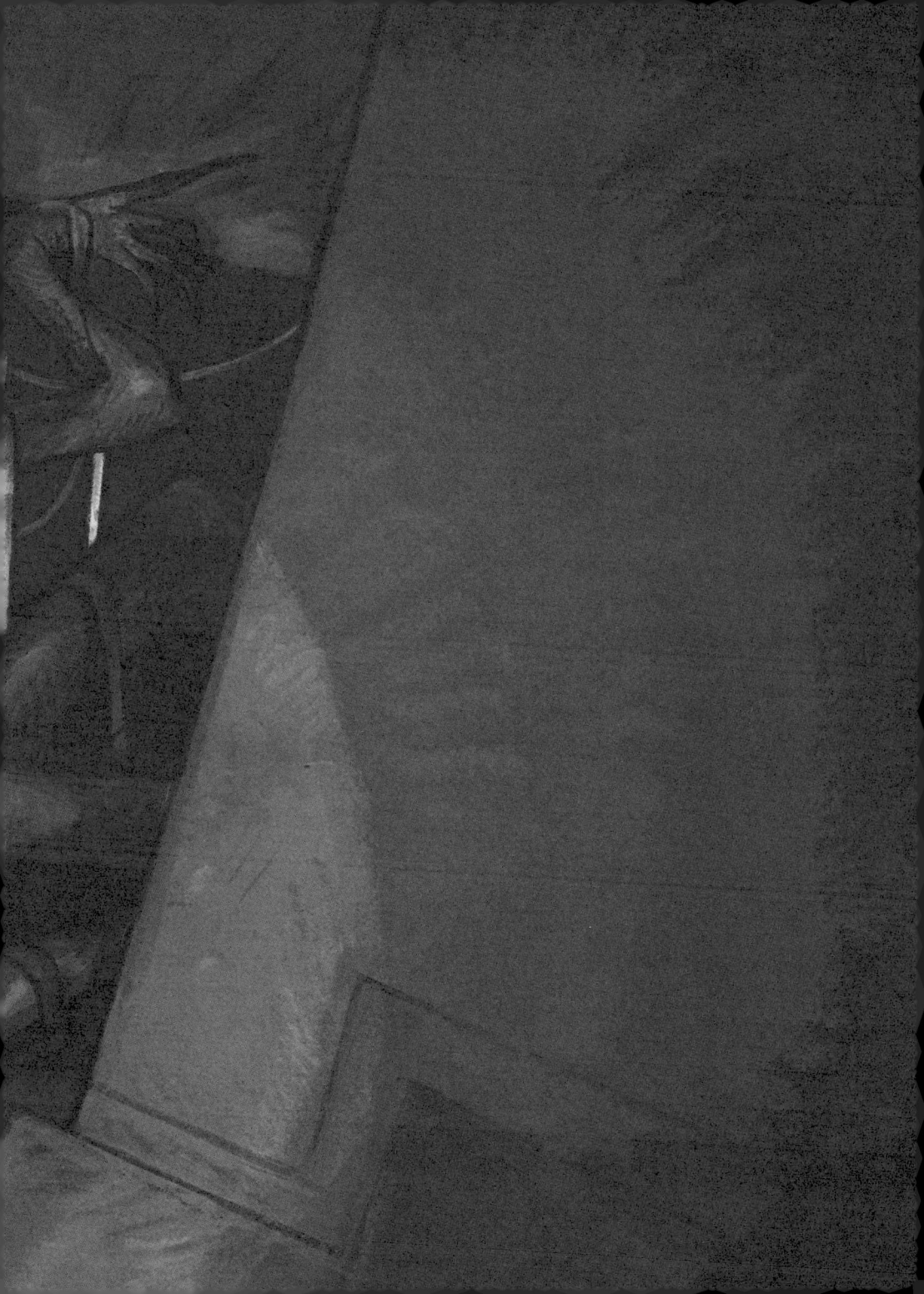

영화관 매니저를 위한 안내서

우리 영화관의 매니저로 일하게 된 것을 축하합니다.

맨 뒷장에 계약서가 있습니다.
안내서를 꼼꼼히 확인한 후 계약서 하단에 서명하십시오.
서명하기를 원하지 않는 경우에는 인사과(OO-OOO)로 연락 주세요.
인사과 직원이 출구를 안내해드릴 것입니다.
하지만 일단 서명하신 후에는 채용 취소가 불가한 점 양해 부탁합니다.

우리의 동행자가 된 당신을 진심으로 환영합니다.

◎ 생활 관련

1. 숙소는 매니저실 옆방입니다. 동봉된 열쇠를 확인 바랍니다.
1-1. 매트리스는 새것입니다. 안심하고 사용하세요.
1-2 세탁기는 없습니다. 인근 코인세탁소를 이용하십시오.

2. 급여는 매월 1일 지급됩니다.

3. 샤워실 및 화장실에 문제가 발생했을 경우에는 시설관리팀(XXX-XXXX)으로 연락하십시오.
3-1. 외부 업체를 부르지 마세요.

4. 숙소는 1인 사용이 원칙입니다. 손님은 매니저실에서 만나도록 하십시오. 숙소에는 아무도 들여선 안 됩니다.

◎ 안전 관련

1. 매니저실 내 안전장치들을 수시로 점검하고 훼손되지 않게 하십시오.
1-1. 안전장치의 위치: 매니저실 입구의 오른쪽 벽, 매니저실 탁자 두 번째 서랍, 매니저실 하얀색 화분 안, 매니저실의 모든 의자 다리, 휴대용 손전등 손잡이, 매니저실 책장 뒤, 숙소 입구 문틀
※ 이외의 장소에서 안전장치가 발견되었을 때는 즉시 폐기하십시오.

2. 매니저실 내 거울 소지는 금지되어 있습니다. 크기와 모양에 상관없이 어떤 거울도 소지할 수 없습니다.

◎ 업무 관련

1. 매니저의 주된 업무는 직원 관리와 고객 컴플레인 처리입니다.

2. 당신이 머무르며 근무하게 될 곳은 B동입니다. A동과 B동 사이에는 통로가 있지만, 현재는 폐쇄되었습니다. 전 직원의 출입이 통제된 곳이니 유의하십시오.

다음은 돌발 상황에 대한 대처 방법입니다.
비정기적으로 갱신되니 수시로 확인하여
숙지하시길 바랍니다.

1. 검은 상의, 모자와 붉은 하의를 입은 직원이 매니저실로 내려올 경우
그는 당신과 같지는 않지만, 위협적인 존재는 아닙니다. 다만 일주일에 세 번 이상 내려올 경우에는 그를 A동과 연결된 구름다리 쪽으로 보내주십시오.

2. B동 지하 2층을 출입한 직원
그는 일주일 동안 심한 환각과 환청에 시달릴 것입니다. 휴가 처리를 해주고 푹 쉬고 오라고 위로해주십시오. 하지만 그가 정말로 돌아올 일은 없을 겁니다.
+ XX년 XX월 XX일 자로 해당 층이 폐쇄되어, 위 지침은 삭제되었습니다.

3. 빈 상영관에 울리는 전화기

다소 위험한 상황이지만 자주 있는 일은 아닙니다. 빈 상영관에 전화가 울린다는 무전을 받으면 매니저실 책장 두 번째 칸에 꽂힌 붉은 봉투와 소금을 챙겨 해당 상영관으로 가십시오. 들어가는 순간부터 주변을 가득 메운 무언가를 느낄 수 있겠지만, 그 자체만으로 직접적인 해가 되지는 않으니 걱정하지 않아도 됩니다.

울리는 전화기를 붉은 봉투에 넣으십시오. 도구를 사용해도 되며, 피부에 닿지 않게 하십시오. 호흡을 멈춘 상태에서 최대한 빠르게 처리해야 합니다. 비상계단을 통해 F층 4관으로 가 봉투를 그 안에 던져 넣으십시오. 전화기가 담긴 봉투에서는 비릿한 악취가 날 것입니다. 처리는 그것으로 끝이지만, 매니저실로 복귀하기 전에 본인의 신체에 소금을 뿌리는 걸 잊지 마시길 바랍니다. 문제의 상영관은 일주일간 폐쇄하십시오.

4. 음력 1월 16일

해당 항목에 대한 내용은 유선 전달 방침으로 바뀌었습니다.

5. 악성 컴플레인

고객 컴플레인 발생 시 매점 무료 이용권과 영화 관람권을 제공하고 있습니다. 대부분은 이대로 만족하지만, 만약 그러지 않는 고객이 있다면 A동과 이어지는 구름다리에서 스페셜 패키지를 제공한다고 안내하십시오. XXX-XXXX에 전화하면 미리 통로를 열어둘 겁니다. 이후 매니저실로 복귀하면 됩니다. 그 고객님들은 아마 스페셜 패키지가 마음에 드셨을 거예요. :)

7. 창고 출입 시간을 어기는 직원

　간혹 창고 출입 시간을 어기는 직원이 발생합니다. 이 경우 창고 문 자동 개폐 시스템이 제대로 작동하지 않습니다. 매니저는 매점을 폐점한 후 외부 업체(만물상, 00-0000)에 연락하기 바랍니다. 수리 시간은 약 한 시간이 소요되며, 결원은 빠르게 충원될 것입니다.

8. 영화관 내의 거울이 깨진 경우

　가까운 수리 시설에 맡기기 바랍니다. 다만 A동 14층 거울이 파손되었을 경우엔 지정된 업체(직통번호: XXX-XXXX)에 연락하세요. 최대한 빠른 시일 내에 수리를 끝내야 합니다.

[붙임4] 유실물 목록

다음은 최근 3년간의 유실물 목록입니다.
유실물을 포획하셨을 경우 별도의 인센티브가 제공됩니다.
이 목록은 때로 갱신됩니다.

이름: 김지현
분실일: 6월 17일
나이: 16세
신장: 169cm
복장: ○○중학교 교복, 검은 운동화와 하얀 백팩 착용
출몰 장소: 주로 5층에서 발견.
특징: 경계심이 심한 편.
처분 방침: 위험도 낮으니 최대한 생포 후 외부 업체
　　　　　(○○서점, XXX-XXX)로 연결.

이름: 유한
분실일: 2월 28일
나이: 27세
신장: 184cm
복장: 정장 차림. 흰 셔츠와 검은 재킷, 검은 넥타이.
출몰 장소: 주로 6층(6관 내)
처분 방침: 위험도 보통. 포획 필요 없음.
　　　　　(보는 즉시 사살 요망.)

이름: 한나연
분실일: 3월 4일
나이: 19세
신장: 172cm
복장: 앞머리 있는 긴 생머리. 스퀘어넥 꽃무늬 블라우스
출몰 장소: 주로 6층 화장실 맨 끝 칸에서 발견
특징: 다소 위험. 불 꺼지는 것을 극도로 싫어하며, 폭력성이 심하니 주의 필요.
처분 방침: 발견 즉시 외부 업체(만물상, 00-0000)로 연결

이름: 최유진
분실일: 9월 7일
나이: 32세
신장: 175cm
복장: 하얀 셔츠, 검은 하의와 구두 착용
출몰 장소: 주로 13층 복도
처분 방침: 위험도 낮으며 발견될 경우, 즉시 본사로 연락 요망(00-000)

이름: 박선율
분실일: 10월 3일
나이: 19세
신장: 175cm
복장: ○○고등학교 교복 착용
출몰 장소: 주로 10층 비상계단에서 발견
처분 방침: 매우 위험. 사살 가능. 후처리는 외부 업체(만물상, 00-0000)로 연락.

계 약 서

성   명 :
주 민 등 록 번 호 :
주   소 :
전 화 번 호 :

1. ○○영화관을 갑, 서명인을 을이라 규정한다. 을은 계약서에 서명하는 순간부터 갑을 위해서 일하며, 갑은 을에게 그에 상응하는 대가를 지급하며 안전을 보장한다.
1-1. 갑은 을에게 월급 외 성과급과 야근수당, 안전수당을 보장하며, 을이 ○○영화관에서 생활하는 데 필요한 비용 일체를 지급한다.

2. 을은 ○○영화관에서 일어나는 모든 일을 외부에 누설하지 않을 것을 서약한다.
2-1. 을은 ○○영화관의 사무에 대한 모든 서류와 메모 등 유무형의 모든 자료를 외부에 유출하지 않는다. 퇴사할 경우에는 갑에게 반환해야 한다.
2-2. 비밀 유지 조항은 을의 퇴사 이후에도 유효하다.

3. 을은 계약 기간동안 갑에게 귀속되며, 한번 서명이 이루어진 계약은 철회할 수 없다.

                                    20XX.   .   .
                                    서명인   (인)

○○영화관

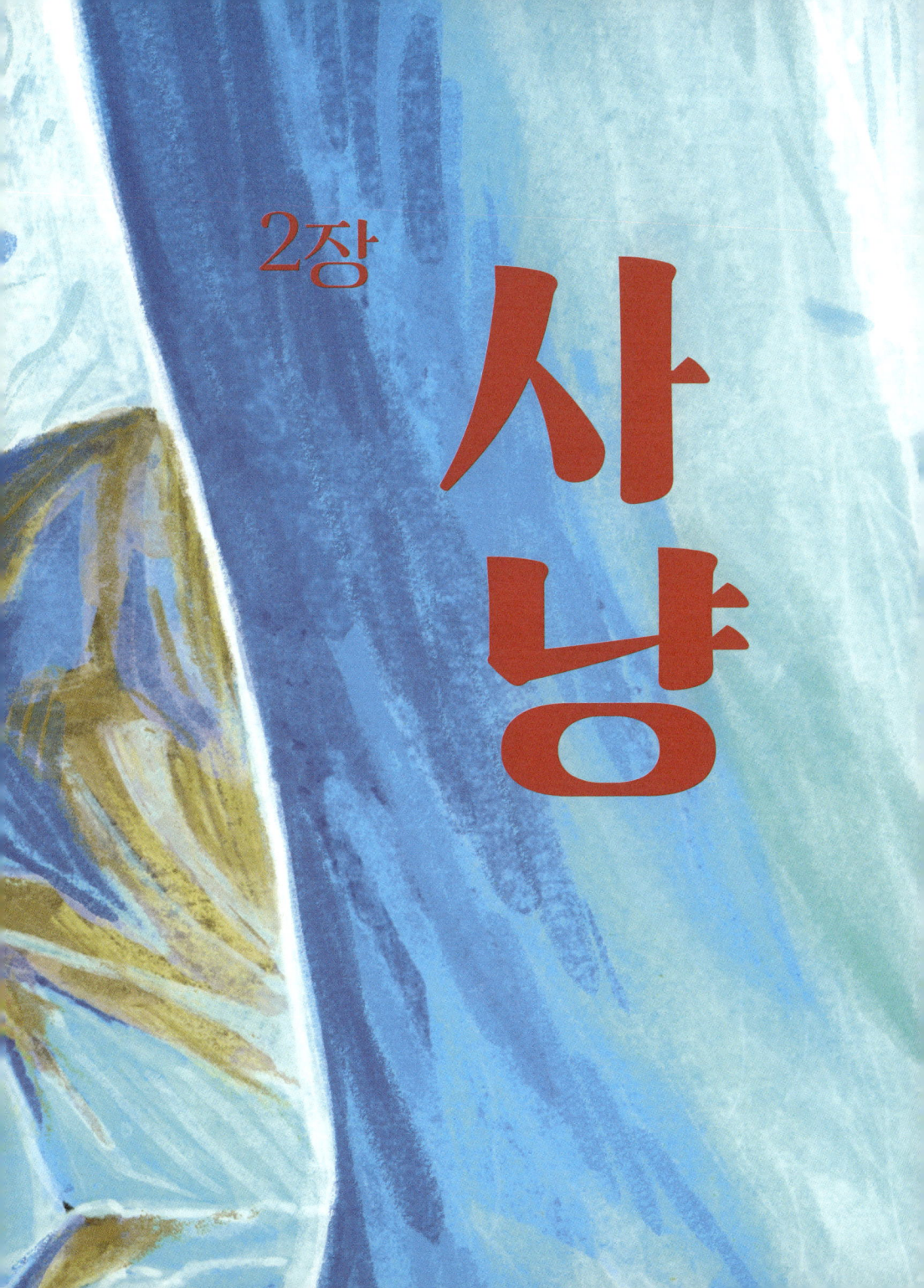

어느
수상한 서점에
대한 기록

환영의 말

어서 오세요!
저는 ○○서점의 총관리자입니다.
오늘 하루 당신께 이곳을 직접 안내해드릴 예정입니다.
겉옷은 이리 주세요. 돌아가실 때, 돌려드리겠습니다.

먼저 한 가지, 서가의 책들은 땀이나 침 등 인간의 체액과 체취에 취약합니다.
오시기 전 샤워를 하셨나요?
……괜찮습니다. ○○서점에는 샤워 시설도 있으니까요.
샤워를 마친 뒤에는 이 가운을 입어주세요.
소수의 방문인에게만 드리는 아주 특별한 옷입니다.
최고급 실크로 만들어 아마 마음에 쏙 드실 겁니다.
당연히 무료지요.

○○서점은 총 다섯 개 층으로 이루어져 있습니다.
각 층마다 직원이 한 명씩 배치되어 있으니,
서가에 손이 닿지 않거나 따로 찾으시는 책이 있을 때는
직원에게 문의해주세요.

1층 서가는 신간들로 이루어져 있습니다.
제일 최근 나온 책부터 출간일 순으로 정렬되어 있지요.
이외에도 계산대가 있고, 각종 잡화류도 진열되어 있습니다.

2층 서가에는 다양한 장르의 소설책이 제목 순으로 정렬되어 있습니다.
라운지에서는 ○○서점의 책들을 자유롭게 읽을 수 있습니다.
부담 없이 편하게 이용해주세요.

3층에는 카페와 실용서 코너가 있습니다.
요리 재료에 대한 책을 찾으신다면 H3 코너로,
요리 방법에 관한 책을 찾으신다면 P3 코너로 가시면 됩니다.

4층은 외국어 원서와 어학 서적을 비치하고 있습니다.
외국어 원서는 왼쪽 코너에, 어학 서적은 오른쪽 코너에 있습니다.

5층은 별실들로 이루어져 있습니다. 아쉽게도 이 시설들은 VIP 고객님들만 이용할 수 있으며, 흡연과 음주는 엄금하고 있습니다. 고객 만족을 위해서요.

끝으로 지금 드리는 안내서를 꼼꼼히 읽어주세요.
다양한 고객들 사이에서 발생할 수 있는 불미스러운 사건 사고를 방지하기 위함입니다.
반드시 서점 시설을 이용하기 전에 충분히 숙지해주시길 거듭 부탁드립니다.

이제 모든 안내를 마쳤습니다.
이후 용건이 있을 때는 1층 관리자실을 찾아주세요.
그럼 ○○서점에서 행복한 한때를 보내시길 바랍니다.

방문인을 위한 이용 안내서

1. ○○서점의 모든 계단은 폭이 넓고 높은 편입니다. 체구가 작은 방문인은 엘리베이터를 사용하실 것을 권유드립니다. 엘리베이터는 서점 입구 맞은편에 있습니다.

2. ○○서점의 서가는 다소 미로처럼 꾸며져 있습니다. 다른 서점과의 차별화를 위해 고안한 것이죠. 하지만 길을 잃을 수도 있으니 주의하세요.
2-1. 홀로 서가에 있다가 이상한 소리를 들었을 때는, 개의치 마세요. 그저 성장하고 있을 뿐이에요.

3. 3층 H 서가와 P 서가는 이용객이 가장 많습니다. 그러니 해당 서가에서 책을 찾고자 한다면 직원을 호출해주세요. 당신에게는 그편이 훨씬 나을 것입니다.

4. ○○서점의 전 직원은 동물 탈을 쓰고 있습니다. 이 또한 다른 서점과의 차별화를 위한 것이죠. 당부드립니다. 절대 깜짝 놀라 소리를 지르거나, 항의하지 마세요. 외모 지적을 좋아할 사람은 없겠지요? 어떤 반응이 돌아올지 알 수 없습니다.
4-1. 붉은 고양이 탈을 쓴 직원은 올해의 우수사원 케이틀린 씨입니다. 대화 상대가 필요하다면, 그를 찾아가세요. 꽤 도움이 될 겁니다. :)
4-2. 2층과 3층 사이 계단에서 하얀 까마귀 탈을 쓴 직원과 마주친다면, 그냥 계속 당신의 볼일을 보시면 됩니다. 계단을 올라가거나, 내려가는 거요.

5. 방문인은 3층 카페에서 음식을 주문하고 2층 라운지에서 드시기를 추천합니다. 3층 카페는 항상 손님들로 붐비니까요.

6. 5층은 VIP 고객님들을 위한 공간입니다. 호기심 때문에 불이익을 당하는 일이 없길 바랍니다.

7. 제목이 내 이름과 같은 책을 발견하셨다고요? ○○서점은 아주 많은 서적을 보유하고 있습니다. 수십만 권도 넘죠. 그러니까, 그냥 웃어넘기시면 된다는 겁니다.

8. 간혹 피비린내가 난다는 민원이 있는데요, 옆 건물에 정육점이 있기 때문입니다. 여러 차례 항의했지만 정당한 영업 행위를 어쩌겠어요? 부디 양해 부탁드립니다.

9. 비상 사이렌이 울릴 시 침착하게 소리가 이끄는 방향으로 이동하세요.
9-1. 일반적인 사이렌과는 조금 다른 소리일지도 모르지만, 겁내지 마세요.

10. 한 달에 단 하루, 보름달이 뜨는 밤에는 평소에 못 보던 진귀한 광경을 볼 수 있습니다.
10-1. 보기를 원한다면, 종이에 이름을 적어 3층 P 코너에 있는 책『그 맛에 대해』144쪽에 끼워 넣고 5층 통로에 가져다두면 됩니다. 오 분 뒤 초대장이 도착할 겁니다.

기묘한 채용 인터뷰

똑똑똑-

정적을 가르고 노크 소리가 들려 왔다. 관리자는 보고 있던 신문을 탁자에 내려놓고 문으로 다가갔다. 대답은 하지 않았다. 문을 두드린 존재가 방문인이라면 노크 소리는 방금 울린 것보다 더 절박했을 테고, 서점 직원이라면 자신의 이름을 불렀을 것이다. 관리자는 문 너머 낯선 존재의 기척을 느끼며, 잠시 그저 서 있었다.

"안녕하세요. 채용 공고를 보고 왔습니다."

일 분 남짓 아무 반응이 돌아오지 않자 문 너머의 존재가 먼저 찾아온 목적을 설명했다. 그제야 관리자는 문을 열었다. 건장한 체격의 하얀색 면접자가 긴장이 역력한 얼굴로 서 있었다.

"들어오세요."

관리자 역시 방금까지 못지않은 긴장감을 느꼈으나, 조금의 내색도 없이 친절한 표정으로 면접자에게 앉기를 권했다. 면접자는 가지고 온 이력서를 관리자에게 건네고 자리에 앉았다. 관리자는 소파에 앉아 이력서를 천천히 읽어 내려갔다. 근래 받아본 이력서 중 제일 깔끔했다. 관리자는 경력란에 꼼꼼히 기입된 상호명들을 확인하고 입을 열었다.

"경력이 상당히 탄탄하시네요."

"네! 동종업계에서 꽤 오래 일해왔습니다. 어머니께서 제가 어릴 때부

터 작은 가게를 하셨는데, 시간 날 때마다 가게 일 돕는 데서 시작해 지금은 아예 진로를 이쪽으로 잡았습니다."

면접자는 자신의 경력에 대해 자부심이 넘쳐 보였다. 그래, ○○서점에는 이런 직원이 필요했어. 이 일에 대해 잘 알고, 자신감 있는 직원이. 관리자는 만족스러운 웃음을 머금고 다시 입을 열었다.

"좋습니다. 같이 일해보죠. 내일부터 출근하세요."

관리자는 그렇게 말하고 자리에서 일어나, 책상 서랍에서 무언가를 꺼냈다. 두 쪽짜리 안내서였다. 면접자는 안내서를 받아 들고 천천히 읽어 내려가기 시작했다.

근무자를 위한 안내서

1. ○○서점은 총 다섯 개 층으로 이루어져 있습니다.

      1층 - 신간, 잡화, 계산대
      2층 - 소설, 라운지
      3층 - 실용서, 카페
      4층 - 어학 서적, 외국어 원서
      5층 - VIP 고객 전용 별실

5층을 제외한 모든 층에는 직원이 한 명씩 배치되어 있습니다.
모든 직원은 당일 근무지 배치를 확인하기 바랍니다.

2. 근무 중 직원을 부르는 소리가 들리면, 상대를 확인한 후 포획하면 됩니다. 포획한 것은 3층 카페로 가져다주세요. 해당 업무를 처리할 때는 절대로 엘리베이터를 이용하지 마세요. 꼭 뒤쪽 계단을 이용하세요.

3. 3층 H 코너는 다른 코너에 비해 이용객이 많습니다. 사고 발생에 유의하세요. 어쩔 수 없는 경우도 있겠지만, 가급적 생포해주세요.

4. 직원에게 무례한 방문인은 ○○서점의 고객이 아닙니다. 뜻대로 처분하되, 바닥이 더러워지지 않게 하십시오.

5. 5층 VIP 고객 전용 별실은 다른 층보다 더 각별히 신경 써주세요.
5-1. VIP 고객 전용 엘리베이터에서 호출 벨이 울리면 고객님이 도착하시기를 기다렸다가, 정중히 별실로 안내하십시오.
5-2. 고객님이 착석하신 후 메뉴판을 가져다드리고 주문을 받으면 됩니다. 주문 사항은 5층 주방으로 전달하십시오. 만약 고객님이 미리 음식을 주문해두었다면, 이미 요리가 완성되어 있을 것입니다.
5-3. 모든 음식을 카트에 담아 한번에 서빙합니다. 커다란 하늘색 접시를 식탁 맨 중앙에, 보라색 접시를 그 양옆에, 갈색 접시를 손님들 앞에 하나씩 놓으면 됩니다.
5-4. 고객님이 퇴실한 후 모든 접시와 식기를 카트에 실어 주방에 가져다주면 됩니다. 청소는 따로 고용된 직원의 일이니, 신경 쓰지 않아도 됩니다.

VIP 서비스에 대한 안내문

이번 분기에 VIP로 승급하신 것을 축하드리며
○○서점을 이용해주심에 감사드립니다.
아래는 VIP 서비스에 대한 안내입니다.
방문 전 충분히 숙지하여 즐거운 시간을 보내시길 바랍니다.

1. VIP 고객님들은 건물 뒤편에 마련된 전용 엘리베이터를 사용하시면 됩니다.
5층으로 올라가시면 직원이 안내해드릴 것입니다.
2. 도착 후 바로 식사하기를 원하실 경우, 최소 방문 30분 전에 미리 예약하셔야 합니다.
2-1. 미리 예약하지 않으셨을 때는 직원이 드리는 메뉴판을 보시고 주문해주십시오.
3. 메뉴판에 없는 타입의 음식도 사전 예약이 가능합니다. (추가 요금 있음)
4. 한 해 동안 VIP 등급을 유지하신 고객님들께 연말 스페셜 기프트를 보내드립니다.
(별도 구매 불가)

○○서점을 이용해주셔서 진심으로 감사드립니다.
VIP 고객님들의 기호를 충족하기 위해 최선을 다할 것을 약속드립니다.

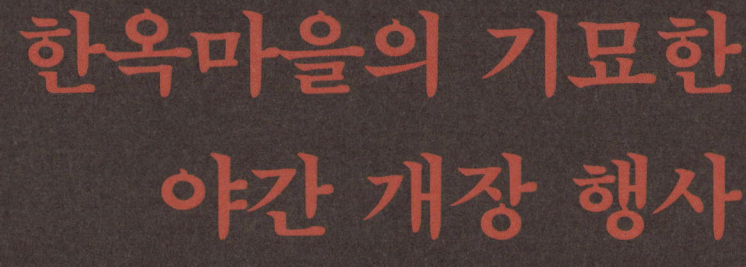

한옥마을의 기묘한 야간 개장 행사

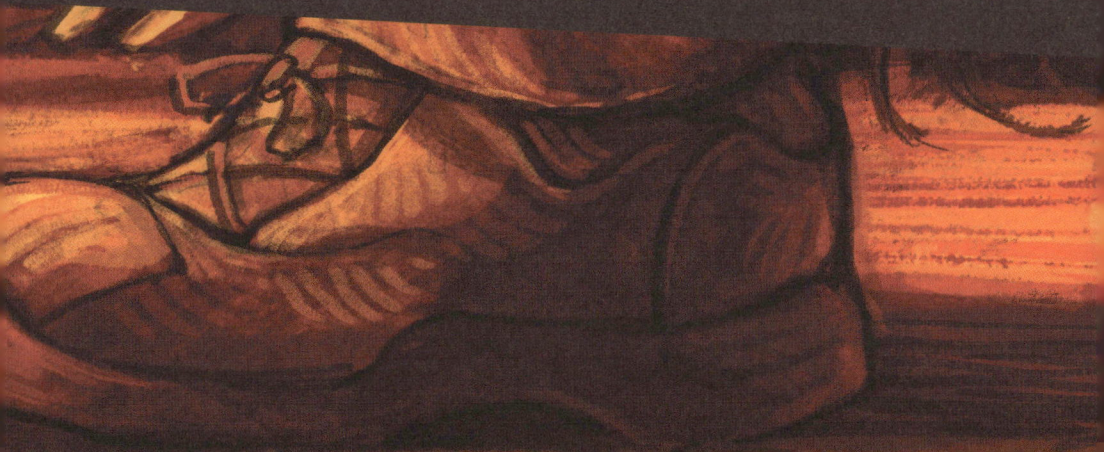

[239641]
성   함:
전화번호:

○○한옥마을 야간 개장 행사에 놀러 오세요!

○○한옥마을은 주민들의 자발적인 참여로 2XXX년부터 야간 개장 행사를 개최해오고 있습니다. 평소에는 평범한 마을이지만, 매해 음력 1월 16일 밤에는 특별한 체험장이 되지요. 올해는 전년보다 더 다채로운 행사들을 준비하고 있으니, 많은 관심과 참여 부탁드립니다.

일   시: 202X년 2월 8일 오후 5시~2월 9일 오전 8시
장   소: ○○한옥마을
입장료: 성인 10,000원, 청소년 5,000원, 미취학 아동(만 7세 미만) 무료

행사 안내

1. 이리 오너라~! 제5회 ○○한옥마을 전통 공연 (2월 8일 오후 6시)
마을 중앙 무대에서 춘향가를 비롯한 다양한 전통 공연을 선보일 예정입니다. 많이 많이 보러 와주세요~!

2. 목각인형극 (2월 8일 오후 7시)
오늘 하루 동심으로 돌아가면 어때요? 어릴 적 읽은 동화를 목각인형극으로 만나보세요! 광장 오른편에 마련된 소무대에서 여러분을 기다리고 있겠습니다.

3. 숨겨진 홍옥을 찾아라! (2월 8일 오후 8시)
한옥마을 여기저기에 숨겨진 100개의 홍옥을 찾아라! 홍옥 모양 구슬을 제일 많이 찾으신 분께 ○○한옥마을의 특산품인 홍옥 세트를 드립니다. 특히 스티커가 붙은 홍옥 10개를 찾은 분들께는 더욱 특별한 상품을 드리니, 많은 참여 부탁드립니다.
+ 위험한 곳에는 숨겨두지 않았으니 어린이들도 참여할 수 있습니다!

4. 제5회 ○○한옥마을 노래자랑 (2월 8일 오후 9시)

○○한옥마을 노래자랑이 5년째 죽지도 않고 또 왔습니다! 내가 춤과 노래에 자신이 있다, 하시면 주저없이 참가해주세요! 예선은 없으며, 관객 투표를 통해 우승자를 선발합니다. 올해 상품은 한우 세트입니다! 올해는 어떤 스타가 탄생할까요?

5. 경품 추첨 이벤트 (2월 9일 오전 7시 30분 추첨)

안내서 상단 이벤트 쿠폰에 이름과 전화번호를 기입하여 9일 오전 7시 전까지 마을 광장에 마련된 경품 추첨 상자에 넣으면 신청 완료! 폐장 30분 전에 추첨합니다!

6. 이곳 장인과 주민들이 함께 만든 은 공예품은 ○○한옥마을의 자랑입니다. 다른 곳에서는 찾아볼 수 없는 섬세하고 완성도 높은 제품들입니다. 출구 쪽에 있는 기념품 판매점에서 구입하실 수 있습니다.

7. ○○한옥마을에는 숙박시설이 없습니다. ○○한옥마을 야간 개장 예약자 중 희망하시는 분들께 근처의 숙박시설을 연계해드리니, 원하시는 분은 홈페이지에서 신청해주십시오. (별도의 예약 비용 발생.)

8. 광장 내에 미아보호소와 민원실, 본부가 마련되어 있습니다.
8-1. 하얀 천막으로 덮인 부스는 관계자 외 출입금지입니다.

9. 대나무 숲[竹林] 출입은 자유롭지만, 쓰레기는 지정된 곳에 버려주시기 바랍니다. 숲은 ○○한옥마을 주민들의 소중한 산책로입니다.

10. '귀잡기 놀이'는 ○○한옥마을에서 주최하는 이벤트가 아닙니다. 착오가 없으시기를 바랍니다.

20XX. 1. 9.

○○한옥마을 야간 개장 행사 주최위원회

귀잡기 놀이 참가자를 위한 규칙서

안녕하십니까?
제5회 귀잡기 놀이에 참가하는 여러분을 진심으로 환영합니다.
여러분은 ○○한옥마을 야간 개장 행사에 참여한 많은 이 중에서도 선택받은 소수입니다. 부디 기뻐해주십시오.
귀잡기 놀이는 2월 8일 오후 11시 59분에 시작하여 익일 새벽 2시에 종료됩니다.
이 글은 여러분이 귀잡기 놀이를 성공적으로 끝마칠 수 있도록 작성한 안내서이자 규칙서입니다.
안전을 위해 주의 사항과 규칙을 필히 숙지해두시기 바랍니다.
여러분의 무운을 빕니다.

1. 부스의 직원들이 놀이에 관해 자세히 안내해드릴 예정입니다. 궁금한 것은 직원들에게 문의해주세요.
   1-1. 비밀 유지를 위해 놀이 장소 또한 직원들이 안내해드릴 것입니다. 해당 장소를 사진으로 찍는 등의 행위를 삼가주십시오.

2. 당신은 '반인반귀(半人半鬼)'상태로 '귀신'을 피해 '인간'을 사냥합니다. 당신의 반은 인간이기에 귀신들의 좋은 먹잇감이 될 수 있지만, 또 다른 반은 귀신이기에 아주 근접하지만 않으면 귀신들도 여러분의 정체를 쉽게 알아차리지 못할 겁니다.

3. 여러분의 목표량은 14입니다. 놀이 종료 10분 전까지
　　목표량을 채우지 못할 경우 자동 탈락됩니다.
3-1. 2월 9일 오전 1시 59분 전까지 시작 지점으로 돌아오지
　　　못하면 자동 탈락 처리됩니다. 목표량을 채운다고 자동으로
　　　게임이 종료되는 것이 아닙니다. 완전한 승리를 원한다면
　　　무조건 돌아오셔야 합니다.

4. 잡히지 않으려고 발버둥치는 것을 만나면 도구나 무력을
　　사용하십시오. 다만 너무 많은 시간을 빼앗기지는 마세요.
4-1. 간혹 사냥감은 당신에게 익숙한 모습을 하고 있을 수도
　　　있습니다.

5. 귀신에게 끌려가지 않도록 조심하세요. 귀신에게 끌려갈 경우
　　자동 탈락 처리되며, 이후의 놀이에도 참여가 불가합니다.

6. 문제가 있을 경우 놀이장 내에 비치된 공중전화를 이용해 57-
　　12로 전화 주세요. 저희 직원이 찾아가 도움을 드릴 겁니다.

7. 욕심을 부리지 않는 것도 어쩌면 우승으로 다가갈 수 있는
　　하나의 방법입니다.

K의 이야기

「안내서 내용은 숙지하셨습니까? 잠시 후 귀잡기 놀이가 시작됩니다. 다들 환복해주십시오.」

검은 두루마기를 걸친 자가 장내를 돌아다니며 외쳤다. K는 그제야 지금 벌어지는 상황이 실감 나기 시작했다.

「순서대로 한 분씩 입장하겠습니다. 다들 빨리 환복해주세요!」

저고리 고름을 매는 것은 영 익숙지 않다. K는 대충 리본 모양으로 매듭을 지은 후 하늘색 두루마기를 어깨에 걸쳤다. 중학교에 들어간 이후 딱히 한복을 입을 기회가 없었는데, 오랜만에 한복을 입게 되어 왠지 설렜다.

평소 행동이 빠른 탓인지, K가 한복으로 갈아입고 나왔을 때 대기실에는 세 명밖에 없었다. 나머지 사람들은 그로부터 한참이나 지나서야 우르르 몰려나오기 시작했다. 직원이 안내하기 시작했다.

「현재 시각은 오후 11시 48분입니다. 귀잡기 놀이는 11시 59분에 시작될 것입니다. 참가자 여러분은 소지품을 접수처에 맡긴 후 놀이장으로 입장해주시기 바랍니다. 일단 입장하시면 끝날 때까지 나올 수 없다는 점을 유의하십시오. 또한 장내에는 안전 관리 요원이 없습니다. 문제가 발생했을 경우에는 놀이장 내에 비치된 공중전화를 이용해 57-12로 연락하세요.」

일렬로 늘어선 대기자들이 1번부터 차례대로 입장하기 시작했다. K는 7번이었다. 열네 명 중 딱 중간. 차례가 다가올수록 왠지 모를 긴장감이 느껴져 K는 땀에 젖은 손바닥을 연신 바지에 문질러댔다. 친구들과 한옥마을 야간 개장 행사에 놀러 왔다가 혼자 대나무 숲 근처에서 길을 잃었다. 그곳에서 어떤 사람들을 만났고, 어쩌다 보니 이 이상한 놀이에 참여하게 되었다. 딱 한 명이 모자라 행사가 취소될 판이라며 잠깐만 시간을 내달라고 통 사정을 하는데, 거절할 수가 없었다.

장내에는 휴대전화를 가지고 들어갈 수 없다고 하여 얼결에 핸드폰도 내줬다.

친구들에게 연락을 해줘야 하는데…. 나만 버리고 떠나는 건 아니겠지. 하지만 이제 와서 뭐 어쩌겠는가. 바로 앞사람인 6번이 힘차게 놀이장으로 입장하는 모습을 보며 K는 생각했다. 이렇게 된 이상 최대한 빨리 놀이를 끝내고 돌아가는 수밖에 없겠다고.

「모든 참가자의 입장이 완료되었습니다. 놀이 시작 1분 30초 전입니다. 참가자분들은 최대한 빨리 자리를 잡아주십시오.」

안내하는 직원은 몸을 숨기기 좋고 시야가 확보되는 위치에서 시작하는 것이 유리하다고 설명해줬다. K는 들어가자마자 바로 보이는 밤나무를 시작 지점으로 골랐다. 꽤 높은 나무인 만큼 시야 확보에 유리할 것이고, 오르기도 힘들어 자리를 놓고 다른 참가자와 분쟁을 빚을 염려도 없었다. 무엇보다 아직 실체를 알지 못하는 적들로부터도 안전한 위치였다.

나무에 올라 바라보니 아직 시작 지점을 찾지 못해 허둥대는 몇몇 참가자들만 보일 뿐, 장내는 휑했다. K는 좀 더 안정적인 자세로 고쳐 앉으며 잠시 헛웃음을 터뜨렸다. 참 이상한 놀이도 다 있지. 그때 안내방송이 들려 왔다.

「제5회 귀잡기 놀이가 시작되었습니다. 문이 개방되었으니, 사냥을 무사히 마치고 성공적으로 탈출하시길 바랍니다. 모든 참가자 여러분의 무운을 빕니다.」

잠시 뒤 놀이장 내부에 일렁이는 형체들이 나타났다. 저게 귀신인가? 증강현실 그래픽 같은 건가 보다. 생각보다 수는 적었다. 기껏해야 다섯 명 남짓 될까? 몇 분 동안 조용히 행동 패턴을 관찰하니, 그것들은 마치 게임 몹들처럼 정해진 구역만 뱅글뱅글 돌았다. 정사각형 모양의 놀이장을 다섯 구역으로 나누어두고, 자신의 영역 안에서만 행동하는 것 같았다.

"역시 아무래도 이런 놀이에는 한계가 있겠지?"

K는 혼잣말로 중얼거리고는 나무에서 내려왔다. 대기실에서 받아 어깨에 메고

있던 활과 화살을 손에 들었다. K는 활시위를 당기며 천천히 목표물을 향해 다가갔다.

눈동자 대신 들어찬 짙은 어둠, 그 아래로 터져 나오는 붉은 살덩이. 밑에서 본 귀신의 모습은 생각보다 더 끔찍했다. 정교한 행동 패턴을 개발하는 대신 디자인에 치중한 모양이다. K가 진저리를 치던 그때, 다시 안내방송이 들려 왔다.

「현 시각 오전 12시 7분. 5번 참가자님이 첫 번째 사냥에 성공하셨습니다. 축하드립니다.」

K는 왠지 초조해졌다. K가 나무에 올라가 여유롭게 귀신들의 동선이나 파악하고 있을 때, 누군가는 사냥에 착수한 것이다. 발걸음이 빨라졌다.

「오전 12시 9분. 9번째 참가자님이 두 번째, 세 번째 사냥에 성공하셨습니다. 축하드립니다. 사냥감의 수는 한정되어 있으니, 다른 참가자 여러분도 분발하시기를 바랍니다.」

시간은 흐르고, 사냥감이 소진되고 있다. K는 다시금 마음을 다잡고 사냥감을 찾아 나섰다.

「오전 12시 20분, 8번과 10번 참가자를 제외한 모든 참가자가 사냥에 성공했습니다. 실시간 집계 결과 현재까지 1등은 8점을 획득한 5번 참가자, 2등은 4점을 획득한 13번 참가자, 3등은 3점을 획득한 7번 참가자입니다. 놀이 시작 이후 30분까지 첫 번째 사냥에 성공하지 못하면 자동 탈락입니다. 부디 남은 시간 동안 사냥에 성공하시길 바랍니다."

불안은 눈 녹듯 사라졌다. 3등을 알리는 안내방송을 뒤로하고 K는 모퉁이 끝에서 만난 사냥감을 향해 주저 없이 화살을 날렸다. 세 개의 화살이 날아간 끝에 사냥감은 완전히 움직임을 멈췄다. 이걸로 4점. 목표는 15점이다. K는 네 번 만에 익숙해진 일련의 행위를 마친 뒤 다시 걸음을 옮겼다.

「오전 12시 24분, 첫 번째 탈락자가 발생했습니다. 4번 참가자가 귀신과 접촉하여 탈락되었습니다.」

그때 K는 일곱 번째 사냥감을 향해 화살을 쏘고 있었다. 이제는 제법 감이 생겨서 화살 두 개만으로도 사냥에 성공할 수 있다.

「오전 12시 40분, 첫 번째 사냥에 실패한 10번 참가자가 탈락되었습니다. 현재 남은 인원은 12명입니다.」

누굴까? 유달리 겁에 질린 듯한 사람이 있었는데, 그 사람일까? 하지만 이 모든 것은 실제가 아닌걸. 놀이일 뿐이잖아. 괜찮아. K는 죽어가는 사냥감의 애절한 속삭임을 애써 무시하며 중얼거렸다.

「오전 1시 두 번째 중간 집계 결과, 1등은 12점을 획득한 5번 참가자, 2등은 9점을 획득한 7번 참가자, 3등은 8점을 획득한 11번 참가자입니다.」

열 번째 사냥감을 찾아 헤매던 그때, 안내방송이 다시 울려 퍼졌다. 기계음이 아닐까 싶을 정도로 억양도 온기도 일절 느껴지지 않는 목소리였다. 아직 1등과 점수 차가 있지만, 곧 따라잡을 것이다. 침착하게 하던 대로만 하면 우승도 문제없다. 얼떨결에 참여하게 되었지만, 막상 하다 보니 욕심이 났다. K는 눈앞에 선 열 번째 사냥감을 바라보며 입이 귀에 걸릴 듯 웃었다.

「오전 1시 3분 귀신과의 접촉으로 1번, 6번, 13번 참가자가 탈락했습니다. 남은 인원은 9명입니다.」

K는 전보다 확연히 여유로운 걸음걸이로 열한 번째 사냥감을 찾기 시작했다. 앞으로 네 번의 사냥만 성공하면 된다.

「오전 1시 30분 세 번째 중간 집계 결과, 1등은 16점을 획득한 5번 참가자, 2등은 13점을 획득한 7번 참가자, 3등은 10점을 획득한 9번 참가자입니다.」

K는 아랫입술을 물어뜯었다. 마지막 사냥만 남겨두고 있는데, 도통 사냥감이 눈에 들어오지 않았던 것이다. 5번 참가자의 미친 활약 때문에 사냥감 씨가 마른 모양이다.

「놀이 종료 10분 전입니다. 목표를 달성했다 하더라도 제한 시간 내에 시작 지점으로 돌아오지 않으면 탈락 처리되오니, 목표를 달성하신 참가자분들은 지금 즉시 시작 지점으로 돌아오시기 바랍니다. 네 번째 중간 집계 결과 1등은 19점을 획득한 5번 참가자, 2등은 16점을 획득한 9번 참가자, 3등은 13점을 획득한 7번 참가자입니다.」

이제 K는 3등으로 밀려났다. 그가 거친 숨을 내쉬며 사냥감을 찾고 있을 때, 안내방송이 이어졌다.

「오전 12시 53분, 11번 참가자께서 탈락했습니다. 사유는 금지 구역 출입입니다. 남은 인원은 6명, 놀이 종료 7분 전입니다. 현재까지 시작 지점으로 돌아온 참가자는 없습니다.」

금지 구역이라니? 그런 곳이 있었나? 출발 전 나눠 받은 안내서에서 그런 내용을 보았던 기억은 없었다. 그러는 동안에도 시간은 주저 없이 흘러갔다. 놀이 종료까지 고작 7분밖에 남지 않았고, 여전히 목표량을 채우지 못한 것은 물론, 시작 지점으로부터도 한참 떨어져 있었다.

K는 일단 시작 지점 쪽으로 이동하기로 했다. 가는 길에 사냥감을 마주칠 수도 있고, 마주치지 못한다 해도 바로 밖으로 나가 친구들에게 돌아가면 그만이니까.

「오전 12시 54분, 14번 참가자가 귀신과 접촉하여 탈락했습니다. 마지막 전체 집계 결과를 알려드립니다. 순서대로 3번 참가자 11점, 5번 참가자 20점, 7번 참가자 13점, 9번 참가자 16점, 12번 참가자 6점입니다. 놀이 종료 시점까지 14점을 채우지 못한 참가자는 자동 탈락입니다.」

K는 무거운 걸음으로 시작 지점 바로 앞에 있는 밤나무 아래까지 왔다. 그리고 그곳에서 마침내 마지막 사냥감을 발견했다. 그 사냥감은 어쩐지 낯익은 얼굴을 하고 있었기에 K는 갈등했지만 이내 처음 읽었던 안내서의 내용을 상기했다. 안내서는 이런 상황에 처했을 때 어떻게 해야 하는지 명확하게 알려주고 있었다. 망설일 것은 없었다. 정말 이것으로 끝이었다.

「2월 10일 오전 1시 귀잡기 놀이가 종료되었습니다. 시간 내에 도착하지 못한 참가자들은 자동 탈락입니다.」

제시간에 도착한 사람은 K와 5번 참가자뿐이었다. 그는 놀이 종료 시점까지 20점이라는 높은 성적을 달성했다. 이윽고 아까 봤던 직원들이 나타났다. 그들은 K가 놀이 시작 전 맡겼던 소지품을 돌려준 후, 5번 참가자를 이끌고 어디론가 향했다. K는 조금 멋쩍은 기분이 되어 직원 중 한 사람을 붙잡고 조심스럽게 물었다.

"저기요, 이게 다예요?"

「모든 참가자를 규정에 따라 처리할 예정입니다. 목표량을 달성하신 7번 참가자는 이쪽 문으로 퇴장하시면 됩니다.」

이 사람 눈동자가 이렇게나 컸던가? 칠흑같이 검은 눈동자를 바라보며 K는 잠시 멍해졌다.

「아, 그 전에 옷을 갈아입으셔야죠.」

직원이 싱긋 웃었다. K는 얼떨떨한 상태로 탈의실로 향했다. 옷을 갈아입는데 왠지 모르게 자꾸만 심장이 뛰었다.

K가 옷을 갈아입고 나왔을 때까지도 직원은 그 자리에 있었다. 그리고 그 적응되지 않는 검은 눈으로 K를 바라보며 말했다.

「제5회 귀잡기 놀이에서 우승하신 것을 축하드립니다. 상품은 이 문밖으로 나가면 만나게 되실 겁니다.」

"네? 아닌데요? 분명 5번 참가자가 저보다 더 높은 점수를 받았어요. 그분은 어떻게 되었나요?"

직원은 말없이 웃으며 K를 대기실 밖으로 이끌었다. 바깥은 온통 야간 개장 행사를 즐기는 사람들로 가득했다. 모든 게 이상했다. 한옥마을 부지가 그리 큰 것도 아닌데 놀이하는 동안 이 많은 사람은 도대체 어디 있었지? 어째서 내가 우승했다는 거야? 우승 상품은 또 어디 있는데? 온갖 의구심들에 휩싸여 뒤를 돌아보았을 때, 대기실은 그 자리에 없었다. K는 잠시 멍해져서 입을 벌린 채 서 있었다. 뭔가에 홀린 기분이다, 하고 넘기기에는 석연찮은 구석이 많았지만, 별수 없이 일행을 찾아 발걸음을 옮기기 시작했다. 친구들을 만나 도대체 어디 가 있었냐는 타박을 들었을 때는, 뭔가 아주 중요한 것을 잃어버리는 줄도 모르게 잃어버린 기분이었다.

J의 이야기

잠시 산책하고 오겠다던 K는 한 시간이 넘도록 돌아오지 않았다. 다른 녀석들은 K의 부재를 아는지 모르는지 온통 홍옥 찾기에 혈안이었다. 하지만 J는 그럴 수 없었다. 왠지 모르게 불안감이 밀려와 결국 일행과 떨어져 K를 찾아 나섰다. 그리고 그를 만났다.

공용화장실 앞에 마치 조형물처럼 서 있던 남자는 J를 보고 말했다.

「누굴 찾으시나 보죠? 구석구석 찾아봐도 만날 수 없었나요? 아이고, 이를 어쩌나. 어디로 갔을까, 음, 어디로 갔을까….」

뭐 하는 사람이야? K는 잠시 멈춰 섰다.

「아! 그렇지! 그거구나!」

그는 과장된 동작으로 손뼉을 짝 치며 말했다.

「아마 귀잡기 놀이에 참여하고 계실 것 같아요! 이 안내서를 읽어보시겠어요?」

귀잡기 놀이라니? K가 어안이 벙벙해 있을 때 남자는 순식간에 J의 눈앞까지 다가와 종이 한 장을 건넸다. J는 저도 모르게 흠칫 뒤로 물러섰다.

남자는 종이를 건네주고는 그대로 뒤로 돌아 짙게 깔린 어둠 속으로 사라져 갔다. 그 옆얼굴이 피식, 웃은 것 같기도 했다. 그 자리에 서서 남자가 건네준 종이를 잠시 읽는 듯하던 J가 몸을 돌려 어디론가 향하기 시작했다.

잊지 못할 추억을 위한 안내서

※ 당신은 인간으로서 놀이에 참여합니다. 당신의 역할은 반인반귀와 귀신을 피해, 소중한 사람을 구해내는 것입니다.

1. 놀이장에 흩어져 있는 붉은 방울 묶음, 붉은 천, 소금을 찾으세요. 하나라도 빠뜨려서는 안 됩니다.
1-1. 나무 끝이나 지붕 위와 같이 위험하거나 수상한 장소에는 배치하지 않았습니다.
1-2. 물품이 넉넉하지는 않습니다. 최대한 빨리, 남들보다 먼저 찾으셔야 합니다.
1-3. 놀이장 안에서는 무슨 일이든 가능합니다. 다만 주위를 한번 둘러본 후 행하기를 바랍니다.

2. 귀신이나 반인반귀와 접촉할 시에는 바로 탈락입니다.
2-1. 귀신은 매우 굶주려 있습니다.
2-2. 당신의 소중한 사람은 반인반귀일지도 모릅니다. 조심스럽게 접근하십시오.

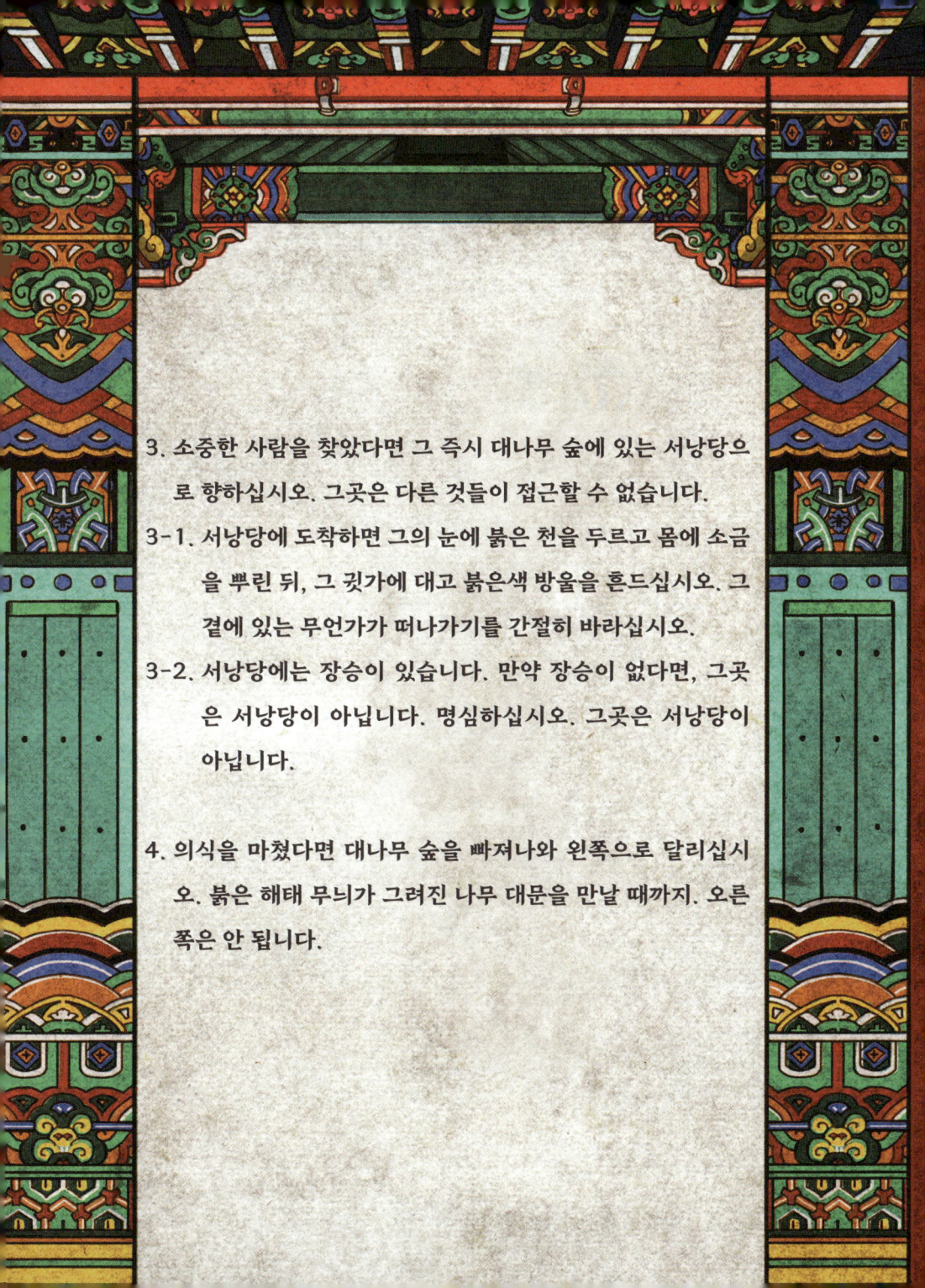

3. 소중한 사람을 찾았다면 그 즉시 대나무 숲에 있는 서낭당으로 향하십시오. 그곳은 다른 것들이 접근할 수 없습니다.

3-1. 서낭당에 도착하면 그의 눈에 붉은 천을 두르고 몸에 소금을 뿌린 뒤, 그 귓가에 대고 붉은색 방울을 흔드십시오. 그 곁에 있는 무언가가 떠나가기를 간절히 바라십시오.

3-2. 서낭당에는 장승이 있습니다. 만약 장승이 없다면, 그곳은 서낭당이 아닙니다. 명심하십시오. 그곳은 서낭당이 아닙니다.

4. 의식을 마쳤다면 대나무 숲을 빠져나와 왼쪽으로 달리십시오. 붉은 해태 무늬가 그려진 나무 대문을 만날 때까지. 오른쪽은 안 됩니다.

서커스단은 여러분을 기다리고 있습니다!

피치도록 스릴 넘치는 광경을 두 눈으로 목격하세요! 서커스단이 전국 순회공연을 성황리에 끝마치고 더 화려한 모습으로 돌아왔습니다!

체조단이 오늘로 다년에 걸친 고된 훈련의 종지부를 찍고 데뷔 무대에 섭니다. 인간의 몸을 뛰어넘은 이들의 모습은 서커스단의 새로운 자랑이 될 것입니다.

목숨을 걸고 위태로운 줄 위에 선 **곡예단**의 아슬아슬한 무대! 그들의 환상적인 호흡에서 숨 막히는 긴장감을 느껴보세요.

불로 뒤덮인 아흔아홉 개의 링을 가뿐히 통과해내는 **인간 사자**도 만나보세요! 이 불은 가까이 다가가는 것만으로도 살을 익혀버린답니다. 아, 또 끔찍한 **인간 지네**는 끝을 모르죠. ^~^:)

평균 연령 13세 소년들이 선보이는 **더 보이즈 온 파이어 쇼**의 압도적인 스케일은 타의 추종을 불허하고, 눈만 마주쳐도 짜릿해지는 미남들의 아찔한 **검무**는 우리 서커스단의 트레이드 마크입니다.

최고로 인기 많은 마법사가 준비한 15종의 **마술**과, 한순간에 무대 위에서 감쪽같이 사라지는 **충격적인 장면**까지! 오직 우리 서커스단에서만 만나보실 수 있습니다.

단 하루! 더욱 특별해질 여러분의 나날을 위해 무료 개장하오니 많이 찾아주세요.

또 보다 환상적인 경험을 원하시는 분들을 위해 특별 체험 이벤트를 준비했습니다! 선착순 열 분께만 무료 제공되는 서비스이니, 원하시는 분들은 서둘러서 검은 눈물을 흘리는 피에로를 찾아주세요!

공연 장소의 약도를 별첨했습니다. 부디 많은 분이 찾아오셨으면 좋겠네요. 서커스단은 항상 여러분을 기다리고 있으니까요!

1. 특별 체험 서비스는 선착순 열 분께만 무료 제공됩니다.

2. 검은 눈물을 흘리고 있는 피에로에게 '푸른 달이 차오르고 있다'고
   말해보세요. 선착순 한 분께 분장과 의상 서비스를 제공합니다.

3. 이리의 탈을 쓰고 여러분을 지켜보는 것은 절대로 수상한 사람이 아닙니다.
   그것은 서커스단의 정기 후원자로, 새로운 인재를 찾고 있을 뿐입니다.

4. 제지하는 직원을 만났을 때는 즉시 지시에 따라주십시오.

5. 출구는 입구 맞은편에 있습니다. 무료 체험 서비스를 충분히 즐기셨다면
   검은색 실크 모자를 쓰고 있는 것에게 퇴장하겠다고 말씀하시면 됩니다.

6. 대단히 어려운 곡예단 체험만은 유연성 테스트에 통과한 분들만 참여하실
   수 있습니다. 무리한 체험으로 일어나는 사고에 대해서 서커스단은 일절
   책임지지 않습니다.

7. 체험 도중 상처를 입었을 때는 의무실을 찾아주세요. 여러분의 상처를 깨끗이
   지워줄 것입니다. 의무실 직원은 하얀 프릴 원피스를 입고 있습니다.

!주의!

특별 체험 이벤트 중 일어나는 사고는 이용객의 책임입니다.
그러니 안내서의 내용을 필히 숙지하고 지켜주세요.

오로지 여러분을 위한 이날!
서커스단에서 제공하는 환상적인 경험을 마음껏 즐겨주십시오.

○○서커스단에 대한 녹취록

#1

꽤 괜찮아. 안 그래?
                          꽤 좋군.
공들였어.
                          그래 보여.
조만간 넣을 생각이야.
                          잘랐어?
응.
                          걱정 없겠네.
그렇지.
                          밑에는?
놓쳤어.
                          그럼 먼저 넣어.
오늘?
                          응.
그래.
                          그때 그건?
버렸어.
                          왜?
낡아서.
                          어쩔 수 없네.
더 찾게.
                          좋네.

#2

- XX년 XX월 XX일의 녹음테이프.

[12초간 정적. 네 개의 발걸음 소리가 들린다. 다시 8초간 정적. 잡음이 심하다.]

　　　　「…건 잡았어. 넌?」

[목소리가 높은 쪽이 대화를 시작한다. 앞부분은 들리지 않는다.]

　　　　「나도 하나. 근데 걱정이네. …께서 화내실 거야.」

[목소리가 낮은 쪽이 대답한다. 뒷 문장의 주어는 들리지 않는다. ㄷ으로 시작하는 것만 알 수 있었다. 어쩐지 겁먹은 것 같은 목소리다.]

　　　　「…이해하실 거야. 이번 공연은 잘 마무리됐으니까, 한동안은….」

[낮은 쪽을 달래는 목소리는 노인의 그것이다. 주위를 의식하여 목소리를 낮추는 듯하다. 여전히 잡음이 심하다. 소리가 제대로 들리지 않는다.]

　　　　「일단 이것만 챙겨 가자. 그래도 오늘은 굶지는 않을 거야.」

[높은 목소리가 다시 말한다. 부스럭 소리 크게 들린다. 끄응- 작은 신음 소리도 같이 들린다.]

　　　　「참, …이 어떻게 됐는지 들었어?」

[발소리가 커진다. 주어는 또 들리지 않는다.]

「꿀꺽.」

[무언가를 삼키는 소리가 들린다. 무언가가 바닥에 끌리는 소리도 난다. 고통스러운 듯한 작은 숨소리 또한. 네 개의 발소리가 작아지더니 사라진다. 아무 소리도 들리지 않는다. 5초간의 정적 후 재생이 끝났다.]

-녹음 파일 1의 기록 끝.

-녹음 파일 2 소실되었음.

-녹음 파일 3 재생 준비 중.

…재생.

오세요, 아름다운 온실 정원으로

[1524]

세계 각국의 식물들이 어우러진 온실정원에 놀러 오세요!
저녁 시간에 맞추어 오픈하는 이곳은 연인이나 친구들과 특별한 시간을 보내기에도 완벽하답니다.
현재 오픈 프로모션으로 무료 입장 및 음료 제공 이벤트를 진행합니다.
직원에게 문자에 적힌 시리얼 번호를 말씀해주세요.
온실정원에서 여러분을 기다립니다.

동백꽃의 증언 : C의 이야기

"이 주 전이었어요. 아직도 선명하게 기억하고 있죠."

그의 목소리가 방 안에 울렸다. 갈라지는 목소리가 듣기 거북할 정도였지만, 그는 아랑곳하지 않고 말을 이어나갔다.

"B랑 D와는 고등학교 때부터 친구였어요. 멀리서 전학한 탓에 혼자였는데, 친구들 덕분에 다행히 외롭지 않았어요. 근데… 아무리 학창 시절 친한 친구들이라도, 대학에 가면 멀어지기 마련이잖아요? 우리도 그랬어요. 대학 졸업한 후에는 더 심해졌죠. 저는 졸업 직전에 겨우 취업해서 직장에 다니기 시작했고, B는 자기 카페를 차렸어요. 걔네 집이 좀 잘살았거든요. D는 아르바이트하면서 취업 준비 하고…"

"A는요? 고등학교 친구가 아니었나 봐요?"

"네. A를 실제로 본 건 그날이 처음이에요. A는 B의 친구예요."

"…사건에 대해서도 얘기해줄 수 있을까요?"

내가 묻자 상대의 낯빛이 확연히 어두워졌다. 하지만 더 늦기 전에 물어보고 싶었다. 그는 흔쾌히 대답하는 듯했으나, 목소리에 기분 상한 티가 역력했다.

"당연히 해드려야죠. 음, 5월 초의 일이에요. B가 A를 소개해주겠다며, 간만에 모이자고 연락해 왔죠. 제 통화 기록 확인하셨죠?"

"네. 확인했습니다."

"그러면 정확한 날짜도 아시겠네요. 그 주 주말에 만나기로 약속했죠. 저도 그때 급한 일이 막 끝난 참이라 여유가 있었고, D도 머리를 식히고 싶다며 승낙했어요. 거의 이 년 만에 뭉친 거였네요. 약속 당일 셋이 만나 온실정원으로 출발했고, 그곳에서 A를 만났어요."

"A는 어떤 느낌이었나요?"

"느낌이요? 그냥… 사람 같았죠? 별다른 느낌은 없었는데… 아! 다른 건 모르겠고, 유독 B랑 단둘이 있고 싶어 하는 것 같았어요. 처음에는 낯을 가리나 했는데…. 그 일이 있고 나서 알았어요. 아마 A는 B가 싫었던 거야. 그것도 죽도록. 제 모습을 보세요. 이게 어디 보통 원한으로 할 수 있는 일인가요?"

그렇게 말하며 C는 자조하듯 웃었다. 목소리가 점점 작아진다. 한 번은 완전히 잦아들어 상대를 흔들어 깨우기까지 했다. 마음이 급해진다. 나는 서둘러 재촉했다.

"더 자세히 말해줄 수 있나요?"

"…제가 알고 있는 건 이게 다예요. 아시잖아요…."

"그래도 조금만 더 기억해볼 수 없을까요?"

"아… 졸려요. 대신… 이걸 줄게요. 제가 그 당시에 받았던 거랍니다."

"조금만 더 버텨줄 수는 없나요?"

초조하게 불렀지만, 상대는 이내 완전한 잠에 빠져든 듯 모든 움직임을 멈췄다. 얕게 들리던 숨소리마저 멈춘 그 모습은 옆에 심겨 있는 것과 별 차이가 없었다.

온실정원 이용 안내서

이곳 온실정원은
식생 다양성을 유지하기 위해 최선을 다하고 있습니다.
온실정원을 위해 헌신해주시는 모든 분께 진심으로 감사드립니다.

1. 모든 식물들 앞에는 이름과 설명이 적힌 팻말이 꽂혀 있습니다.
   1-1. 빈 팻말이 꽂힌 곳은 현재 준비 중입니다.
   최대한 빠른 시일 내에 새로운 식물을 선보일 예정이니,
   양해 부탁드립니다.

2. 동절기에는 온실정원의 일부 구역이 폐쇄됩니다.
   대신 특별한 이벤트가 열리니 온실정원 SNS를 참고해주세요.

3. 하절기에 야외 정원과 테라스는 여름에만 피는 꽃들로 아름답게 장식됩니다.
   잊지 말고 찾아주세요.

4. 온실정원의 아름다운 식물들은 홀로 감상하시면 더 좋습니다.
   하루쯤 전자기기 전원도 꺼놓고 고요한 공간에서
   여유로운 시간을 보내면 어떨까요?

5. 초충 여러 점을 상시 전시합니다. 눈으로만 감상해주세요.
   훼손 시 손해 배상을 청구할 수 있습니다.

6. 쓰레기는 쓰레기통에 버려주세요.

푸른 수국의 SNS 대화 내용: B의 이야기

A 님과의 대화
--------------- 4월 26일 월요일 ---------------
[A] [오후 1:11] 지금 뭐 해?
[A] [오후 1:11] 나 심심해ㅠㅠ
[A] [오후 1:13] 많이 바빠?
[B] [오후 4:39] 아 미안. 손님이 많아서 이제 봤어.
[B] [오후 4:40] 바빠서 연락하기가 어렵네.ㅠㅠ 급한 일이면 전화해줘~
[A] [오후 4:43] 아냐…. 많이 바쁘구나. 다음에 시간 날 때 연락 주라.
[B] [오후 9:58] 그래~

--------------- 5월 3일 월요일 ---------------
[A] [오후 8:02] 요새도 카페에 손님 많나 봐?
[B] [오후 8:45] 다들 놀러 다녀서 그런지 좀 많네.ㅠㅠ
[B] [오후 8:48] 그래도 오늘은 사람들이 일찍 빠져서 마감 중이야.
[B] [오후 8:49] 무슨 일 있어?
[A] [오후 8:50] 아니~ 그냥 언제 얼굴이나 한번 볼까 해서. 우리 안 본 지도 오래됐잖아.
[B] [오후 8:53] 그래! 한번 보자.
[B] [오후 8:54] 그때 화났던 건 이제 다 풀렸어?
[A] [오후 8:54] 야. 언제 적 얘기냐?ㅋㅋ 그리고 나 그때 화 안 났어. 걱정하지 말고 얼굴이나 보자.
[B] [오후 8:58] 화 안 났으면 다행이야.
[B] [오후 8:59] 그럼 우리 카페 곧 리모델링 공사하는데 그때 맞춰서 만나면 되겠다. 너는 시간 되지? 네가 우리 동네로 올래?
[A] [오후 9:01] ㅋㅋ난 백수라서 시간 많으니까 너한테 맞출게.
[A] [오후 9:01] 내가 이번에 되게 신기한 카페를 찾았어. 거기서 볼래?

[A] [오후 9:02] 사실 내가 벌써 예약해뒀어. 둘이 가서 이런저런 얘기 다 하고 오자!
[B] [오후 9:13] 아 진짜? 그래. 그러자 그럼.
[A] [오후 9:15] 응응. 그럼 그때 보자! 기다리고 있을게~

C 님과의 대화
--------------- 5월 6일 목요일 ---------------
[B] [오후 9:09] 요새 어떻게 지내?
[C] [오후 9:13] 나는 똑같이 회사 다니고 있지…ㅠㅠ 너는?
[B] [오후 9:17] 나도 매일 커피 팔면서 지내고 있지.
[C] [오후 9:18] 너네 커피 못 먹은 지도 오래됐다…. 언제 한번 또 가야 하는데.
[B] [오후 9:19] 이번 주말에도 회사 가?
[C] [오후 9:19] 주말에는 안 가지~ 주말까지 출근하면 나는 죽어요….
[B] [오후 9:20] 그러면 일요일에 간만에 얼굴이나 볼래? 실은 내 친구 A를 만나기로 했는데 너도 같이 가자. 내가 소개해줄게.
[C] [오후 9:20] A? 나야 뭐 괜찮은데… 걔는 괜찮대? 그리고 D는? D도 같이 보면 좋은데.
[B] [오후 9:21] A한테는 내가 얘기할게. D는 아직.
[C] [오후 9:21] 그래? 그럼 D한테는 내가 연락할게. 걔도 요즘 힘들어서 쉬고 싶다고 하더라.
[B] [오후 9:21] 그래. 고마워.
[C] [오후 9:22] 응~ 그러면 나중에 보자~!

A 님과의 대화
--------------- 5월 9일 일요일 ---------------
[B] [오전 10:02] A야, 우리 오늘 만날 때 혹시 친구를 데려가도 될까?
[B] [오전 10:03] 얘네가 저번부터 너 소개해달라고 했는데 이제까지 내가 시간이 안 나서 말을 못했어.

[A] [오전 10:11] 뭐? 그런 말 없었잖아.
[B] [오전 10:25] 미안해.ㅠㅠ 그래도 내 친구들 다 착해! 내가 소개해줄게.
[A] [오전 10:26] 두 명밖에 예약 안 했단 말이야….
[B] [오전 10:28] 만약 추가 요금이 나오면 그건 내가 낼게. 내가 미리 말한다는 걸 바빠서 잊어버렸어. 좀 봐주라~
[B] [오전 10:29] 내가 일단 애들한테는 말해뒀거든? 이따가 여섯 시에 거기서 보자. 고마워~

C 님, D 님과의 단체대화
--------------- 5월 9일 일요일 ---------------
[B] [오후 4:18] 너희 지금 어디야?
[D] [오후 4:20] 우리 지금 지하철이야~ 십 분 정도 걸릴 거 같아.
[B] [오후 4:21] 나도 그 정도 걸릴 것 같거든? 역에서 기다리고 있을게. 이따 도착하면 연락해.
[B] [오후 4:30] 나 방금 도착했어.
[C] [오후 4:31] 우리도 방금 내렸어!
[B] [오후 4:31] 아 너네 보인다.
[B] [오후 4:31] 나 보여?
[C] [오후 4:32] 아 봤어, 봤어. 지금 넘어갈게.
[D] [오후 8:28] 너희 어디야?
[D] [오후 8:29] 왜 연락을 안 받아?
[D] [오후 8:29] 무슨 일 있어?
[D] [오후 11:51] 메시지 보면 꼭 연락 좀 줘…. 걱정되잖아.

A 님과의 대화
--------------- 5월 10일 월요일 ---------------
[B] [오후 5:46] 야.

[B] [오후 5:46] 너 왜 전화 안 받는 건데?
[B] [오후 6:09] 어제 그거 뭐야?
[B] [오후 8:24] 왜 날 그리로 불렀어?
[B] [오후 8:32] 설마 그때 일 때문에 그러냐?ㅋ 너도 진짜 대단하다….
[B] [오후 8:33] 네가 그러니까 아직도 그 모양 그 꼴인 거야.
[B] [오후 11:13] 너 진짜 전화 받아라.

D 님과의 대화
--------------- 5월 13일 목요일 ---------------
[D] [오전 10:28] B야. 무슨 일 있어?
[D] [오후 10:29] 제발 연락 좀 받아봐….
[D] [오후 11:01] 무슨 일 있는 건 아니지?

A 님과의 대화
--------------- 5월 15일 토요일 ---------------
[B] [오후 7:01] 저ㄴ화받ㅇㅏ

천수국의 하루 : D의 이야기

C와 연락이 안 된 지 일주일째, B와 연락이 끊긴 지는 벌써 이 주째다. 어제는 B가 운영하는 카페에 다녀왔다. 그쪽에서도 B랑 연락이 안 돼서 곤란해하고 있었다. C의 회사에도 전화해봤는데 계속 무단결근 중이라고 한다…. 그 온실정원에서의 만남을 마지막으로 친구들이 말 그대로 감쪽같이 사라져버린 것이다.

오늘은 그곳을 다시 찾았다. 건물을 못 찾아서 택시 기사님과 한참 헤맸는데, 찾고 보니 그럴 만했다. 며칠 만에 외관이 확 달라진 것이다. 꼭 철거 직전 폐건물처럼 황폐해져 있었다. 들어가는 것이 주저될 정도로….

그래도 내부는 멀쩡해서 더 의아했다. 저번에는 들어가자마자 사장님이 안내해주셨는데 오늘은 한참을 기다려도 만날 수 없었다. 기다리는 동안 정원을 돌아보았다. 그곳의 꽃들은 색과 크기가 기존에 내가 알던 것들과는 달랐다. 그중에서도 특히 인상 깊었던 것은 수국, 동백꽃, 그리고… 이름 모를 꽃 하나 더. 색은 기억이 잘 안 나지만 굉장히 화려한 꽃이었다. 평소 같았으면 사진을 찍었을 텐데 그때는 그런 생각을 하지 못했다.

무조건 사장님을 만나보고 돌아올 요량으로 찾아갔는데, 꽃가루 때문인지 재채기가 났다. 갈수록 심해져서 어쩔 수 없이 돌아와야 했다. 집에 오는 길에 약국에서 알레르기 약을 사서 먹고 좀 나아진 줄 알았는데, 이번에는 이상하게 온몸이 간지럽다. 내일 병원에 가봐야 할지도 모르겠다.

로벨리아의 인터넷 사용 기록: A의 이야기

01. 01. ~ 04. 21. 인터넷 검색

검색어: 새해 다짐, 새해 다이어리, ㅇㅇ동 맛집 외 442건

열어본 페이지: 카페 '일 년간 열심히 살아본 후기' 'ㅇㅇ동 주민이 쓰는 최애 음식점' '콘서트 예약 페이지', 카페 '내가 진짜 싫어하는 새끼가…' 외 1357개

04. 22. 오후 11:48 뉴스 검색(www.news.com)

검색어: ㅇㅇ동 실종 사건

열어본 페이지: 뉴스 'ㅇㅇ동 18살 학생 실종 사건, 단순 가출일까…' 'ㅇㅇ동 연쇄 실종 사건, 피해자 8명 발생…' 'ㅇㅇ동 연쇄 실종사건, 피해자들의 공통점은?' 'ㅇㅇ동 연쇄…뉴스 댓글 창'

04. 23. 오전 12:03 인터넷 검색(www.searchnet.com)

검색어: ㅇㅇ동 이색 카페

열어본 페이지: 블로그 'ㅇㅇ동 이색 카페 레인보우 리뷰', 블로그 'ㅇㅇ동 카페 아리아떼 다녀온 후기~', 블로그 '더 챠챠 솔직 후기' 외 27개

04. 29. 오후 5:37 웹페이지 검색(www.mystery.com)

검색어: ㅇㅇ동 연쇄 실종사건

열어본 페이지: 추리 게시판 '제 생각에는 ㅇㅇ동 사건…', 잡담 '혹시 ㅇㅇ동 괴담 들어보신…' '혹시 ㅇㅇ동 괴담 들어보신… 댓글 창' 외 9개

05. 02. 오후 11:59 인터넷 검색(www.chazaboza.com)

검색어: ㅇㅇ동 온실정원 카페

열어본 페이지: 블로그 'ㅇㅇ온실정원 카페'

05. 03. 오전 12:01 알 수 없는 페이지 검색(www.00mavtr.com)

검색어: 알 수 없음

열어본 페이지: '아름다운 꽃의 탄생 비화' '…에 놀러 오세요!' '찾아오는 길' '예약 페이지'

05. 09. 오후 8:13 알 수 없는 페이지 검색(www.00mavtr.com)

검색어: 알 수 없음

열어본 페이지: '삭제된 페이지입니다'

05. 10. 오전 1:01 인터넷 검색(www.find.net)

검색어: ㅇㅇ동 온실정원 카페

열어본 페이지: '삭제된 페이지입니다' '접근이 제한된 페이지 입니다' '블라인드 처리된 글입니다' 외 4개

05. 14. 오전 12:01 알 수 없는 페이지 검색(www.00mavtr.com)

검색어: 가려움증 완화, 대상포진, 알레르기, 몸이 가려울 때 병원

열어본 페이지: 블로그 '0원으로 가려움증 완화하기', 블로그 '대상포진 증상', 카페 '성인 가려움증, 병명은?', 블로그 '증상별 가야 하는 병원' 외 33개

05. 16. 오후 3:06 알 수 없는 페이지 검색(www.00mavtr.com)

검색어: ㅇㅇ동 온실정원 카페

열어본 페이지: 블로그 'ㅇㅇ온실정원 카페'

05. 16. 오후 3:07 알 수 없는 페이지 검색(www.00mavtr.com)

검색어: 알 수 없음

열어본 페이지: '찾아오는 길'

05. 16. 오후 3:10 인터넷 페이지 검색(www.gettaxi.com)

검색어: 택시 예약

열어본 페이지: 'ㅇㅇ동 택시 예약'

3장 잠식

그 아파트의 축제

사건 자료 1: 아파트 입주민을 위한 안내 방송

- XX년 1월 5일자 안내방송의 녹취록이다.

안녕하십니까. 저는 ○○아파트 관리소장입니다.
입주를 진심으로 축하드리며 댁내 행복과 평안이 가득하기를 바랍니다.
여러분의 편안하고 안전한 생활을 위해 몇 가지 안내드리려 합니다.
금일 방송의 내용은 추후에 따로 배포 및 안내되지 않으니,
각 세대의 한 분이라도 꼭 방송을 청취해주시기 바랍니다.

먼저 시설 안내입니다.
○○아파트는 101동을 시작으로 113동까지 있습니다.
앞으로 3개월 동안은 차량 등록 기간으로,
각 동에 마련된 지상 및 지하 주차장을 자유롭게 이용하실 수 있습니다.
입주민 여러분께서는 기간 내에 관리실에 차량을 등록해주시기 바랍니다.
관리실은 정문에, 경비실은 후문에 있습니다.
관리실은 오전 10시부터 오후 6시까지 운영하며,
경비실은 세 명의 경비원이 24시간 교대 근무합니다.
작은 도서관과 체육관, 수영장 등의 문화생활 공간은 관리실 건물에
마련되어 있습니다. 아파트 입주민만을 위한 공간이기에 출입하실 때는
세대별로 지급된 출입카드를 지참하셔야 합니다. 체육관과 수영장은 회원
등록 후 이용하실 수 있으며, 별도의 요금이 발생합니다

다음은 서비스 안내입니다.
실입주 여부와 시설 하자 유무를 확인하고 각 세대별로 맞춤 서비스를
제공하기 위해 관리실 직원들이 각 세대를 방문할 예정입니다.

방문에 응하지 않으시면 향후 여러 불편이 있을 수 있습니다.
부디 협조해주십시오.
모든 엘리베이터는 주기적으로 정기 점검을 받습니다. 만일 엘리베이터 내에서 이상한 소음과 심한 진동을 느끼신다면 긴급통화 버튼을 눌러주십시오. 또 거울 속에서 기이한 잔상을 보는 등의 이상 현상을 겪으셨다면 관리실로 전화 부탁드립니다.
모든 동의 청소와 간단한 시설 수리는 사설 제휴 업체에 맡기고 있습니다.

오늘의 안내는 이상입니다.
안내드린 내용에 대해 궁금한 점이 있다면 관리실로 문의해주세요.
감사합니다.

사건 자료 2: 제보자가 함께 건넨 쪽지

XX년 4월 29일에 일부 세대에만 방송된 안내방송의 녹취록이다.

세 번째 안내입니다.
비가 오지 않은 날에 아파트 복도나 중앙 현관에서 물웅덩이를 밟는 듯 찰박거리는 소리가 들리더라도 절대 다가가거나 직접 확인하려 하지 마십시오. 만일 우연히 그곳을 지난다 해도 절대 쳐다보지 마시기를 바랍니다.
그들은 아이 컨택을 정말 좋아하거든요. :)

XX년 5월 6일에 일부 세대에만 방송된 안내방송의 녹취록이다.

아파트 단지 내에서 부러진 우산을 발견하실 경우, 직접 치우거나 처리하지 마시고 꼭 관리실에 연락해주시길 바랍니다. 관리실에서 단지 내 미관상 보기 좋지 않은 물건과 쓰레기를 즉각 처리하려고 노력하고 있사오나 놓치는 경우도 있습니다. 관리실에 연락해주시면 최대한 빨리 처리하겠습니다.

나 언니한테 미안해서 어떡해?

XX년 5월 17일에 일부 세대에만 방송된 안내방송의 녹취록이다.

계절마다 피는 꽃들로 화단을 꾸몄습니다.
용담꽃, 참으로 예쁘지요? 저희 직원들이 고심하고 고심해서 골랐습니다. 올해보다 내년에 더 아름다워질 거예요.
아, 만약 화단에서 하얀 막대가 발견되면 바로 경비실로 연락해주시기 바랍니다. 경비실 직원이 해결할 것입니다. 절대로 막대를 직접 치우거나 만지지 마시길 바랍니다.

XX년 5월 20일에 일부 세대에만 방송된 안내방송의 녹취록이다.

모든 입주민 여러분은 '내가 먼저 인사하기' 운동을 실천해주시기 바랍니다. 인사는 여러분의 이웃에게 좋은 영향을 끼칩니다. 이웃에게 친절해서 나쁠 것은 없잖아요?
그리고 아파트에 착한 이웃만 있는 것도 아니고요.

오늘도 마주쳤어.   그 사람?   응...
    너무 겁먹지 마... 우리가 잘못한 것도 없는데 왜 그래?
        그렇지?
            그래. 주말에 애들 데리고 어디 놀러 나갈까?
        알겠어. 준비해둘게.
            그래, 나 먼저 잘게. 잘 자.   응 너도.

XX년 6월 16일에 일부 세대에만 방송된 안내방송의 녹취록이다.

안개가 끼는 날에 아파트 구석에 마련된 정자에 가는 것은 추천하지 않습니다. 많은 분이 날씨가 흐린 날 정자에 갔다가 좋지 않은 일을 당하셨다고 제보해주셨거든요.
다 여러분의 안전을 위해 드리는 말씀이니 부디 귀담아들으시길 바랍니다. 경고를 무시하시는 것 또한 여러분의 선택이지만, 아무쪼록 현명한 판단을 부탁드려요.
우리 아파트는 화단이 아름다워서 다른 아파트에 비해 찾아오는 새들이 많습니다. 훨씬 자연 친화적이라는 증거이기도 하니까, 부디 입주민 여러분의 너른 양해 부탁드리겠습니다. 절대로 해를 끼치지 않을 아이들입니다.
또한 조경수는 한 종류로 통일되어 있습니다. 단순히 경비 절감을 위해서는 아니니까요, 이 또한 양해 부탁드리겠습니다.

만약 아파트 단지 구석에서 다른 종류의 나무를 발견하더라도 절대 사진을 찍지 마십시오. *갑자기 소리가 줄어드네. 잘 들리지도 않아.*
가까이 접근하지도 마시기를 권유드립니다.
당신이 거기 있다는 것을 알리지 마세요.

XX년 8월 1일에 일부 세대에만 방송된 안내방송의 녹취록이다.

물이 있는 곳은 천국입니다.
언제나 숨을 쉴 수 있고, 피부가 마를까 걱정할 필요도 없죠.

…이 쪽지가 마지막인 것 같다.

제1회 ○○아파트 입주민 봄 소풍 안내

입주민 여러분 안녕하십니까?
제1회 ○○아파트 입주민 소풍을 개최합니다.
매년 개최하여 이웃들과 서로 친해지는 계기로 만들어가고자 합니다만, 올해는 첫 행사인 만큼 다섯 가정만 신청받기로 하였습니다. 제2회 소풍에서는 더욱 많은 분께 참여 기회를 드리겠습니다. 너른 양해 부탁드립니다.

- 신청 기간 : 3월 1일~3월 8일 자정
- 참가비 : 인당 만 원
  (만 19세 미만: 5천 원, 만 8세 미만: 무료)
- 소풍 장소 : ○○산장
- 소풍 일시 : 3월 12일 오전 8시~3월 13일 오후 6시

구체적인 프로그램은 ○○산장 직원들과 논의하는 중이며, 확정되는 대로 공지하겠습니다.
문의 사항은 관리실로 연락 주십시오.

입주민 여러분께 드리는 안내문 1

입주민 여러분 안녕하십니까?

최근 우리 아파트에 대한 불미스러운 소문이 돌고 있습니다. 지난달 열린 제1회 입주민 봄 소풍에 참가한 다섯 세대의 행방이 묘연하다는 이유로, 말도 안 되는 소문이 퍼지고 있습니다. 이는 전혀 사실이 아닙니다. 해당 세대는 개인적인 사유로 이사한 것을 확인했습니다.
오늘 이후 허위 사실 유포에 대하여 강경 대응할 것이니 억측을 자제해주시기 바랍니다. 우리 아파트를 둘러싼 의혹을 불식하기 위해 지난 봄 소풍 사진을 공개합니다.

XXXX년 3월 24일
○○아파트 관리소장 올림

입주민 여러분께 드리는 안내문 2

우리 아파트를 둘러싸고 있는 소문에 속지 마십시오.
그것들은 전혀 진실이 아닙니다.
입주민 여러분은 관리실 직원들 말만 믿으시면 됩니다.
저희는 진실됩니다.
여러분을 위해 몇 가지를 안내해드리겠습니다.
부디 꼼꼼히 읽고 충분히 숙지해주십시오.
여러분을 진심으로 사랑하고, 원합니다.
언제까지나 우리 곁에 남아주세요.

1. 우리 아파트에는 분수대가 없습니다. 수영장도 없습니다. 만일 검은 타일이 깔린 분수대와 유리로 만든 수영장을 보더라도 절대 접근하지 마시길 바랍니다. 유리로 만든 분수대와 검은 타일이 깔린 수영장은 안전해요. 올여름 깜짝 이벤트로 준비했으니 마음껏 즐겨주세요.

2. 인어. 인어는 없습니다. 인어 없어요. 보더라도 무시하시기 바랍니다. 없어요. 인어. 자기 집에 푸른 비늘을 가진 인어가 있다는 입주민을 만나더라도, 절대 따라가지 마세요. 죽었어요.

3. 나무들은 항상 노래를 부르고 있습니다. 아름다운 목소리. 홀리지는 마세요. 여러분들은 좋은 영양분이니까요. 언제나 그 자리에 서서 아름다운 목소리로 노래 부르는 투명한 나의 나무…. 항상 그리워하고 있네요. 기다릴게요.

4444444444444444. 부러진 우산을 발견한 분은 부디 최대한 빠른 시간 내로 폐기해주세요.

○○아파트 관리실은
항상 입주민 여러분을 위해 최선을 다합니다.
만일 아파트에 대한 이상한 소문을 들거나
기이한 사건 등을 목격하셨다면 바로 관리실로 전화해주세요?
당신에게 특별한 것을 드리겠습니다.

입주민 여러분께 드리는 안내문 3

입주민 여러분 안녕하십니까? 어느덧 가을이 되었습니다. 저는 여러분의 배려로 휴가를 잘 마치고 돌아왔습니다.

전일 복귀하였을 때, 관리실에서 작성하지 않은 안내문과 공고문이 붙은 것을 발견했습니다. ○○아파트 관리실은 흑백 프린터를 이용하고 있습니다. 서체 또한 한 가지만을 사용합니다.

확인된 거짓 안내문에 대해 진상을 조사하고 있으나, 단순 장난으로 추정됩니다. 입주민 여러분은 걱정하지 않으셔도 됩니다. 다시는 이런 일이 없도록 각별히 주의를 기울일 것을 약속드립니다. 입주민 여러분께 걱정을 끼쳐드린 점에 대하여 깊이 사과드립니다.

XXXX년 4월 1일
○○아파트 관리소장 올림

*104동의 4월 건의 사항과
그에 대한 답변지*

104동 입주민 여러분 안녕하십니까?
이번에 동대표로 선출된 ○○○입니다.
아래는 입주민 회의에서 나온 건의 사항과 그에 대한 답변들입니다.

〈건의 사항〉

1. 엘리베이터가 너무 자주 멈춥니다. 어떻게 좀 해주세요.
- 엘리베이터 업체 측에서 이번 주 금요일에 점검 예정입니다. 점검이 끝나는 대로 다시 안내하겠습니다.

2. 날파리가 너무 많아요. 징그러워 죽겠어. 어디서 올라오는지도 모르겠어요. 특히 지하 주차장으로 내려가는 비상계단이 유독 심해요.
- 제가 직접 확인한 후 방역 업체를 부르겠습니다. 최대한 빠른 시일 내로 정리하겠습니다. *시체라도 있누ㅋㅋ*

3. 405호 층간소음이 너무 심해요. 도대체 왜 그렇게 밤새 뛰는 거야? 나 잠을 못 자.
- 104동은 각 층별로 4호까지 있습니다. 무언가 착각하신 것 같은데, 다시 한 번 확인해주시겠습니까?

*104동 405호 맞거든요!!
왜 없다고 해!!!! 있다고!!!*

4. 누가 새벽에 자꾸 문을 두드려요. 누군가 싶어서 밖을 내다보면 아무도 없어요. 경찰도 소용이 없어요. 도와주세요.
- 제가 그 시간대에 한번 돌아보도록 하겠습니다. 건의하신 분은 제 개인 번호(010-265X-XXXX)로 연락 주십시오.

5. 어차피 이전 동대표처럼 야반도주할 거 아닌가? 난 당신 별로야.
- 죄송합니다. 전 동대표가 보여드린 불미스러운 행동에 대해서 제가 드릴 말씀은 없지만, 그래도 저를 한번 믿어주세요. 절대 믿음을 저버리지 않겠습니다.

6. 신용할 수 있게끔 행동해주세요. 늦은 밤에 어디를 그렇게 다니시나요? 동대표면 동대표답게 행동하시길!
- 걱정 끼쳐드려 죄송합니다. 최근 개인적인 볼일이 생겨 늦은 시간 외출하게 되었습니다. 일주일 내로 정리될 문제이나, 신경 쓰이신다면 제 개인 번호(010-265X-XXXX)로 연락 주십시오. 만나 뵙고 이유를 설명해드리겠습니다.

7. 인어가 자꾸 보여요. 뭔지 모르겠는데, 자꾸 인어가 보여.
- 그 문제라면 제가 잘 아는 분이 해결해주실 수 있을 것 같습니다. 제 개인 번호(010-265X-XXXX)로 연락 주세요. *점점 다가오고 있다고.*

8. 음식물 쓰레기 버리는 곳에 악취가 너무 심해요. 여름도 아닌데…. 제대로 관리하는 거 맞나요?
- 죄송합니다. 분리수거 시설을 한 번 더 점검하겠습니다. 최대한 빠른 시일 내로 해결하겠으니 양해 부탁드립니다.

오 20시 쯤에라도 있나ㅋㅋ

저를 믿고 선택해주신 104동 입주민 여러분을 위해 항상 최선을 다할 것을 약속드립니다.
감사합니다.

20XX년 4월
104동 대표 올림

> 104동의 7월 건의 사항과
>
> 그에 대한 답변지

104동 입주민 여러분 안녕하십니까? 동대표 ○○○입니다.
올해 여름은 유난히 덥습니다. 모쪼록 행복하고 건강하시기를 바랍니다.
아래는 7월 건의 사항과 그에 대한 답변입니다.
말씀해주시는 모든 문제를 최대한 빠른 시일 내에 해결하기 위해 노력하고 있으니, 너른 양해 부탁드립니다.
기타 문의 사항은 제 개인 번호(010-265X-XXXX)로 연락해주세요.

<건의사항>

1. 엘리베이터 수리한 거 맞아요? 이번에 또 엘리베이터에 갇혔어요! 얼마나 무서웠는지 알아요?? 아니 그리고 왜 아파트에 머리 산발한 여자가 돌아다니나요?? 진짜 미쳐버리겠어!!!!!!!!
- 엘리베이터 업체에 다시 연락해두었습니다. 수요일에 점검하기로 하였으니 최대한 빨리 점검을 마치고 불편이 없도록 하겠습니다. 그리고 최근의 모든 CCTV 영상을 확인해보았으나 104동 내에 배회하는 여성은 확인되지 않았습니다. 이후 해당 여성을 목격하신다면 관리실로 연락해주시기 바랍니다.

2. 어제 단지 구석에 있는 정자에서 이상한 사람을 봤어요. 우리 아파트는 외부인은 절대 출입 금지라고 자부하지 않으셨나요? 이게 한두 번도 아니고 꼭 비 오는 날 새벽이면 나타나는데, 어떻게 조치 좀 취해주세요.
- 죄송합니다. 관리실 직원들과 대책을 마련하고 있습니다. 최대한 빠른 시일 내에 처리하겠습니다.

3. 가 구역 지하 주차장으로 내려가는 비상계단에 여전히 냄새가 나요. 이제는 벌레까지 꼬이는 것 같은데, 방역 업체에 연락한 거 맞나요?
- 죄송합니다. 지난 4월 관리실 사정으로 인해 방역 업체를 부르지 못했습니다. 바로 방역 업체에 연락하도록 하겠습니다.

4. 왜 우리 동에 사람이 점점 줄어드나요? 이번 주만 해도 두 집이 사라졌어요….

4444
- 201호, 802호 세대는 개인 사정으로 이사하신 것입니다.

5. 오늘 우리 집 화분에서 사람 뼈 같은 게 나왔어요. 한 번도 이런 적 없었는데 이 아파트로 이사 오고 나서부터….
- 댁에서 기르는 개가 장난이라도 친 건 아닐까요?^^

우리 집은 개 안 길러요!!!

6. 점점 이 아파트에 정이 떨어지네요… 도대체 왜 이렇게 문제가 많으며, 사람들은 왜 자꾸 사라지는 건지…. 옆집 여자는 허구한 날 소리만 지르고…. 정말 빨리 여길 뜨든가 해야지 참.
- 이사를 생각하고 계신다면 제 개인 번호(010-265X-XXXX)로 연락 주세요. 제가 잘 아는 부동산을 소개해드리겠습니다. 정말 좋은 매물을 찾아드릴 거예요.

7. 다들 미친 것 같아…. 어떻게 사람이 죽었는데도 이 아파트에서 계속 살지? 난 내일 이사 갈 거예요. 아직 제정신 남아 있는 분은 최대한 빨리 여기서 제일 먼 곳으로 도망가요. 당신들 진짜로 죽을 수도 있어!!
- 이런 건의 사항은 받지 않습니다. 말도 안 되는 소문 퍼트리지 마시길 바랍니다.

4444

8. 어제 새벽 내내 고함소리가 들렸어요…. 경찰에 신고하려고 해도 안 받고, 관리실도 연락이 안 되고…. 도대체 104동에서 무슨 일이 일어나고 있나요? 너무 무서워요.
- 어제 몇 층에서 소리가 들렸는지 알려주실 수 있을까요? 제 개인 번호 (010-265X-XXXX)로 연락 주세요.

404호요. 그리고 계속 연락해달라고 하지 마세요. 당신한테 연락한 사람들 다 죽었잖아

9. 여기가 도깨비 터라는 게 사실인가요? 아는 무당이 여기는 사람이 살 곳이 못 된다고 하던데…. 우리 남편이 이 아파트로 이사 오고 나서 아프기 시작했어요. 저도 왼눈이 침침해지고…. 우리 아들도 발작이 잦아졌다고요!
- 그런 일이 있었다니 유감입니다. 가족분들의 쾌유와 건강을 빌겠습니다. 제가 도와드릴 수가 없어 죄송합니다.

10. 누가 4층 복도에 자꾸 물을 뿌려놔요. 왜 우리 집 앞에만 그러는지 모르겠네요? 청소 업체인지 개인인지 모르겠는데 주의 좀 주세요.
- 제가 사실을 확인한 후, 관리실에 연락하겠습니다.

4444

항상 104동 입주민 여러분을 위해 최선을 다하겠습니다.
감사합니다.

20XX년 7월
104동 대표 올림

"입주민 여러분 안녕하십니까? 하늘이 높아가는 가을입니다. 벌써 두 번째 가을이네요. 다름이 아니라, 며칠 후면 드디어 붉은 날입니다. 이제까지 고생 많으셨습니다. 관리실 직원들과 각 동 대표들이 힘을 합하여 준비해두었으니, 그날, 항상 모이던 그 시간, 그 장소로 오시기 바랍니다. 만족하실 겁니다."

.
.
.

"최근 모 아파트에서 의문스러운 사건이 잇따르고 있습니다. 삼 년 전 완공된 이 아파트에서는 최근 일 년 사이에 절반 넘는 주민들이 실종되거나 사망했다고 하는데요, 도대체 무슨 일이 있었던 걸까요? 저희 취재 팀이 단독 제보를 입수하였습…"

뚝

생존자 인터뷰

1. 시작

[테이프1이 천천히 돌아간다. 시간이 지날수록 목소리가 점점 또렷이 들린다.]

- 저희는 준비됐습니다. 시작할 테니까 제보자분은 천천히, 처음부터 얘기해주세요.

"…네. 입주했을 때 얘기부터 하면 될까요?"

- 네. 편히 말씀하세요.

"처음 입주했을 때만 해도 행복했어요…. 드디어 내 집이 생겼구나, 그동안 지독하게 안 풀리더니 인생이 이제야 풀리려나 보다 하고."

- ….

"이웃들도 다 좋았어요. 특히 602호 언니랑 친했어요. 그 집 애들이 우리 애들 또래라, 자주 모여서 놀곤 했어요. 입주 후 얼마 안 되어 아파트에 봄 소풍 공고가 붙었어요. 저도 신청하려고 했는데, 깜빡 잊고 못했어요. 그런데 602호 언니가 봄 소풍에 뽑혔다고 하더라고요. 가족끼리 ○○산장으로 놀러 간다고. 다음에는 같이 가자고…."

- 네….

"아직도 생각나요. 13일로 넘어가는 새벽에 전화가 한 통 왔어요. 자다 깨서 전화를 받았는데 웬 신음이랑 방울 소리 같은 게 들리기에 장난 전화인줄 알고 짜증 나서 끊어버렸어요. 그런데 좀 있다가 다시 전화가 오는 거예요. 지금 자기 ○○산장인데 여기 좀 이상하다고. 602호 언니였어요."

- 말씀하시는 ○○산장이 ○○산에 있는 그 산장 맞나요?

"네. 그때 보내드렸던 봄 소풍 공고문에 나온 ○○산장이요. 아무튼 그 말을 듣고 놀라서 언니한테 무슨 일이냐고 물었더니 울먹이면서 그러더라고요. 산장 시설에 문제가 생겨서 여자랑 아이들은 산장에서 자고 남자들은 밖에 텐트를 치고 자게 됐는데, 바깥에 나와보니 남편이 사라졌다고. 텐트에 사람이 한 명도 없다고. 놀라서 남편에게 전화를 걸었는데 근처에서 남편 휴대전화 벨소리가 들리더래요. 그래서 따라가보니까 그게 서 있었다고…."

- ….

"겨우 도망쳤대요. 어디로 가는지 방향도 길도 모른 채 막 도망 다니다가 무슨 동굴에 숨었다고 하더라고요. 거기서 저한테 전화한 거래요."

- ….

"그 말을 들으니 저도 잠이 싹 달아나더라고요. 또 언니 딸이 생각 났어요. 언니한테 물었죠. 애는 어디 있냐고. 언니는 막 울다가 그 말을 듣고 너무 놀라 뚝 그치더니, 애를 데리러 가야겠다고 했어요. 그리고 저한테 좀 데리러 와줄 수 있겠냐고 하더라고요. 저는 당연히 그러겠다고 했죠. 언니는 고맙다고, 최대한 빨리 애를 데려올 테니 산 아래에서 만나자고 말하고는 전화를 끊었어요. 우리 부부도 바로 준비해서 ○○산장으로 갔어요. ○○산장까지 오 분 정도 남았을 때, 언니한테 다시 전화가 왔어요. 딸을 데리고 왔다고 하더라고요."

- 그때가 몇 시쯤이었나요?

"13일 새벽 4시⋯ 거의 다 되었었죠. 새벽이라 도로가 한산했고 저희도 엄청 밟아서 한 시간 거리를 삼십 분 만에 도착했던 것 같아요. 언니한테 거의 다 왔으니까 곧 만나자 하고 전화를 끊었어요. 남편이 배터리가 떨어지면 안 된다고 끊으라고 했어요."

- 경찰에 신고는 하셨나요?

"했어요!!! 몇 번이나!!! 그런데 ○○산은 본인들 관할 구역이 아니라고 하더군요? 나 참. 그래서 담당 서로 연결해달라니까 몇 번이나 전화 뺑뺑이를 돌리더니 결국 허탕이었어요. 차라리 경찰에 전화하지 않고 바로 달려갔으면 또 모르죠. 언니와 딸을 구할 수 있었을지도."

[목이 메는 듯 목소리가 먹먹해진다.]

- 아⋯ 죄송합니다.

"⋯아니에요. 제가 죄송해요. 선생님한테 열 낼 일은 아닌데. 괜찮아요. 산 밑에 있는 안내 데스크 앞에서 언니한테 전화를 했어요. 근데 그때 누가 다가오더라고요. ○○산장 직원이라면서, 무슨 일 있냐고 묻더라고요. 그래서 이러이러해서 사람을 찾으러 왔다고 하니까, 그 직원이 자기가 찾아보겠다면서 언니 위치를 물었어요. 그건 잘 모르겠다고 했더니, 그럼 자기랑 같이 좀 가달라는 거예요. 그래서 아니다, 우리는 그냥 여기서 기다리겠다고 말했더니 갑자기 그게 변했어요….”

- 그것이라면…?

"직원이요…. 진짜 그런 건 처음 봤어요. 남편을 끌고 그대로 뛰어서 겨우 차에 탔죠. 그리고 그대로 출발했어요. 그때까지도 언니와 딸은 나타나지 않았어요. 정말이지… 어쩔 수가 없었어요.”

- 세상에….

"아무튼 그날이 기점이었어요.”

- ….

"그날 지옥 문이 열린 거죠.”

[테이프1의 재생이 끝났다. 테이프2의 재생을 준비한다.]

[증언은 대체로 진실이었으나 CCTV 확인 결과 한 가지 다른 점이 있었다. 도망치기 전 제보자는 분명 보았을 것이다. 산을 내려와 그들을 향해 달려오는 언니와 그 딸을.]

2. 변화

[테이프2가 천천히 돌아간다. 시간이 지날수록 목소리가 점점 또렷이 들린다.]

"…그 뒤로 지금까지 언니랑은 연락이 안 돼요. 그렇다고 다시 ○○산에 가볼 용기는 없었고, 경찰은 찾아보겠다는 말만 되풀이했고…. 그렇게 속절없이 시간만 보냈는데, 어느 날 보니 언니네 집이 싹 비워졌더라고요? 봄 소풍에 갔던 다섯 집이 다 비워졌어요. …저 언니랑 진짜 친했거든요? 둘 다 아는 사람 하나 없는 동네로 이사 온 거라 얼마나 서로를 의지했는데…."

- ….

"그때부터 아파트에 소문이 돌았어요. 그 사람들이 제물이라고…."

- 제물이요?

"네…. 그때 아파트가 발칵 뒤집혔어요. 나중에는 관리소장이랑 동대표까지 나서서 해명했어요. 다섯 집 모두 개인 사정으로 이사 간 거라고…. 아파트 내에 유언비어 퍼트리지 말라는 공고문도 붙었어요."

- ….

"계속 이사 가야겠다고 생각했지만, 우리 집 사정이 넉넉하지 않아서 그러지 못했어요."

- 조심스러운 말씀입니다만, 아드님 이야기도 좀 들려주실 수 있을까요?

[소리가 잠시 꺼진다. 그러다가 다시 들리기 시작한다.]

"…8월 초에 아들이 수영을 배우고 싶다고 했어요. 아들은 어릴 때부터 물을 좋아했어요. 저는 아파트에 있는 수영장에 등록해주었죠. 근데 그 수영장에 다니고서부터 아들이 점점 이상해졌어요. 말수도 부쩍 줄고 가족들을 꺼리고…. 우리 가족은 그냥 사춘기가 좀 일찍 왔나 보다 했죠. 별 생각 안 했어요. 그러다 말겠거니 하고…."

- ….

"그런데 어느 날 애가 저녁에 씻으러 들어가서는 한참 안 나오는 거예요. 그만 나오라고 불러도 안 나와서 욕실 문을 두드렸는데, 소리가 들렸어요. 졸졸 물 흐르는 소리와 희미한 노랫소리…. 그때 남편이 비상 열쇠로 욕실 문을 열었는데…."

- 많이 힘드시면 잠시 쉬었다 말씀하셔도 됩니다.

"괜찮아요…. 고맙습니다. 문을 열었을 때, 온 바닥에 물이 흥건했어요. 수도꼭지를 잠그지 않아서 물이 넘친 거예요. 그리고 아들은… 욕조에 고개를 처박고 있었어요…. 남편이 놀라서 안아 들었는데, 애가… 얼굴이 파랗게 질려서는 알아들을 수도 없는 노래를 부르더라고요. 그대로 정신을 잃어서 그 뒤의 일은 기억이 안 나요. 남편이 119에 신고해서 저랑 아들은 병원에 실려 갔고요."

- ….

"저는 깨어났는데, 아들은 돌아오지 못했어요."

[테이프2의 재생이 끝났다. 테이프3의 재생을 준비한다.]

3. 탈출

[테이프3이 천천히 돌아간다. 시간이 지날수록 목소리가 점점 또렷이 들린다.]

"그 뒤로 일이고 뭐고 다 때려치우고 미친 듯이 이사 갈 집만 찾아봤어요."

- ….

"마음 같아서는 아예 이민을 가고 싶었는데, 그건 현실적으로 어려워서 그냥 좀 떨어진 동네로요. 바로 이 주 뒤에 이사 가기로 했었어요."

- …그때까지는 아드님이 살아 계셨죠?

"살아 있었어요. 넋이 나간 듯한 상태인 건 똑같았지만. 병원에서 자기들은 원인을 모르겠다고 큰 병원에 가보라고 해서 일단 집에 데리고 왔었어요. 제가 잠시라도 한눈을 팔면 아들은 금세 욕조에 들어가 이상한 노래를 흥얼거렸어요. 그 모습이 무섭다고 딸아이가 참 많이 울었어요. 정말 괴롭고 비참한 시간이었죠."

- ….

"아들은 며칠 뒤 세상을 떠났어요. 사인은 불명이었죠."

- 정말 유감입니다.

"아들 장례를 치르느라 이사를 미뤘어요. 장례를 마치고 돌아왔을 때, 집 앞에서 관리소장을 마주쳤어요. 우릴 보고 대뜸 묻더라고요. 이사 갈 거냐고. 기가 막혀서 아무 말도 못하고 있었더니 사라졌어요. 멱살이라도 쥐고 흔들어줄걸…."

- 너무하네요, 정말….

"그러고 나니 그 아파트에 한시도 더 남아 있고 싶지 않아서 바로 다음 날 나가기로 했어요. 그날은 남편과 딸이랑 셋이서 안방에서 같이 잤어요. 그런데 새벽에 욕실에서 이상한 소리가 들리더라고요."

- 아, 또….

"욕실 문을 열었을 땐 모든 게 그날이랑 똑같았어요. 저는 아무 생각도 하지 못하고 딸을 깨웠어요. 그대로 차를 타고 친정으로 넘어갔죠."

- ….

"지금은 딸이랑 다른 지역에서 지내고 있어요. 물론 저희 둘 다 아직 힘들어요. 그런데 다른 분이 용기 내신 것을 보고 저도 제보한 거예요. 저를 욕하셔도 돼요. 저는 아들을 지키지 못했고, 남편도 버렸으니까요. 근데, 근데요…. 그런데 말이죠…."

- 편히 말씀하세요.

"여러분이었다면, 저와는 다르게 행동하실 수 있었을까요?"

[테이프3의 재생이 끝났다. 다음 테이프는 존재하지 않는다….]

그 이후

- ○○아파트에서는 도대체 왜 이런 일이 일어난 걸까요?
도대체 무엇이 주민들을 공포로 몰아넣었을까요?
취재 팀은 이 질문의 답을 찾기 위해 계속 취재를 이어가고 있습니다.
여러분의 제보를 기다립니다.
최대한 빠른 시일 내에 이 모든 사건의 전말이 드러나길 바라며
오늘의 뉴스는 여기서 마치겠습니다.
감사합니다.

開門 1. 「명사」 문을 엶. 또는 그런 상태.

호텔 나폴리에서 함께 일하게 된 여러분을 진심으로 환영합니다

호텔 나폴리는 지역 최대 규모로서, 시설 또한 다른 호텔들과는 비교도 할 수 없을 만큼 다채롭고 호화롭습니다. 또한 그 어떠한 고객님들이라 해도 절대 차별하지 않죠. ;)

직원 여러분에게도 편안한 근무 환경을 제공하려 노력하고 있으니, 만일 근무 도중 고객으로부터 피해를 입는 등 불이익을 당할 경우에는 지체하지 말고 지하에 있는 총지배인실을 찾아주세요. 호텔 나폴리는 여러분의 피드백을 기반으로 성장하고 있습니다.

아래는 근무하기 전에 필수적으로 숙지해야 하는 업무 내용입니다.

1. 호텔 나폴리는 총 4층입니다.
- 1층: 호텔 로비와 각종 편의 시설
- 2층: 1인실 (총 48실)
- 3층: 다인실 (총 21실)
- 4층: 스위트룸 (총 8실)

2. 여러분들의 주 업무는 고객 응대와 객실 관리입니다. 모든 서류 작업은 총지배인의 업무입니다.
2-1. 객실 관리 매뉴얼은 다음과 같습니다.

▶ 침대 커버는 각 방 장식장 서랍에 있는 여분으로 교체해주십시오. 사용한 커버는 직원용 카트에 담아 세탁실에 가져다 놓으면 됩니다.
- 단, 붉은 자국이 남은 커버는 세탁실이 아닌 소각실로 가져가십시오.
▶ 방 안에 있는 모든 사물은 정해진 자리가 있습니다.
- 액자는 꼭 침대 옆 협탁 위에 두어야 합니다.
- 밧줄은 침대 맞은편에 있는 서랍 네 번째 칸에 넣어두십시오.
- 손님이 체크인하시기 전, 접시·나이프·스푼·포크·냅킨을 인원 수에 맞춰 탁자에 세팅하십시오.
- 별다른 요청이 없을 시 탁자 중앙에 놓인 화병은 비워두십시오.
▶ 별다른 요청이 없을 경우, 욕실은 최대한 건조한 상태를 유지해야 합니다.
▶ 겨울을 제외한 계절에는 모든 창문을 열어두십시오.

3. 방에서 악취가 난다는 컴플레인이 있을 때는 다른 방으로 안내해드린 후, 체크아웃하실 때 스페셜 티켓을 발급해드리기 바랍니다.

5. 소각실과 다용도실의 열쇠는 총지배인이 관리하고 있습니다. 필요할 때에 열쇠를 받아 사용하면 됩니다.
5-1. 단, 소각장 이용 시간은 이십 분을 넘기지 않도록 주의하세요.
5-2. 저녁 여덟 시 이후 다용도실에 홀로 출입하는 것을 금합니다.

6. 프런트 옆에 숙직실 겸 직원 휴게실이 있습니다. 각종 즉석식품과 간이침대 등 여러분의 편의를 위한 모든 것을 마련해두었습니다. 언제든 자유롭게 이용 가능합니다만, 반드시 한 명 이상은 데스크에서 업무를 봐야 합니다.

7. 직원들에게는 유니폼과 명찰이 제공됩니다. 예외는 없습니다.
7-1. 변색된 유니폼을 입었거나 중복된 명찰을 달고 있는 직원을 발견했을 때는

조용히 검은 고양이를 찾고 있는 거미 마담에게 이야기해주세요.

8. 룸서비스는 제공되지 않습니다. 고객이 룸서비스를 요청할 때는 총지배인에게 해당 사실을 알린 후 계속 평상 업무를 보시기 바랍니다.

9. 간혹 호텔 로비와 복도에서 신발 한 짝이나 옷가지 등이 발견되는 경우가 있습니다. 발견 즉시 소각장에서 폐기하기 바랍니다.
9-1. 비늘이나 뿔 등은 다용도실 검은 상자 안에 항목별로 분류해 넣어주십시오.

10. 호텔 나폴리의 방음 시설은 최고급이지만 아주 가끔 고객님들의 소리가 방 밖으로 새어 나오는 경우가 있습니다. 모든 것은 전적으로 사생활의 영역이니 귀를 닫고 쓸데없이 참견하지 마시길 바랍니다.

11. 건물 곳곳에는 영상 기록 저장기가 설치되어 있고 상급 직원들에 의해 관리됩니다. 만에 하나 영상 기록을 문의하는 고객이 있을 때는 정중히 거절하거나 총지배인에게 연락하기 바랍니다.

探問 1. 「명사」 알려지지 않은 사실이나 소식 따위를 알아내기 위하여 더듬어 찾아가서 들음.

「어서 오세요, 호텔 나폴리입니다. 체크인하시겠습니까?」

"저… 사람을 찾고 있어요. 제 동생이에요."

「투숙 기록은 개인정보이기 때문에 확인해드리기 어렵습니다. 실례지만, 동생분 나이가 어떻게 되시나요?」

"올해 열여섯 살이에요."

「보호자 없는 미성년자는 투숙할 수 없게끔 규정되어 있습니다만… 어떻게 이곳에 찾아오시게 되었죠?」

"동생이 이 호텔에서 지냈던 것만은 확실하니까요. 사진이라도 한번 봐주세요. 이 아이를 보신 적 없나요?"

「하루에도 많은 고객님이 방문하시기에 사진만 보고 기억해낼 수는 없습니다. 도움이 못 되어 죄송합니다.」

"혹시 여기 CCTV는 없나요?"

「CCTV 또한 고객님들의 개인정보와 관련된 것이기에 보여드릴 수 없습니다만, 그전에 호텔 나폴리에는 CCTV가 없습니다.」

"저… 그러면… 혹시 사진 속 이 아이가 호텔에 다시 찾아오거나 아이를 봤다는 사람이 나타나면 제게 연락 주실 수 있을까요? 부탁드립니다."

「네. 사진 속 이분이 방문하신다면, 이 번호로 연락드리겠습니다. 그럼 안녕히 가십시오. 부디 행운이 따르길. ;)」

水紋 1. 「명사」 수면에 일어나는 물결의 무늬.
　　　 2. 「명사」 물결처럼 어른어른한 잘고 고운 무늬.

　천장에서 떨어진 물방울이 파란 수면 위에 잘고 고운 무늬를 만들었다. 한 번 떨어지자 작은 물방울들이 몇 방울 더 떨어졌다. 난 원형 무늬들이 나타났다 사라지는 것을 바라보다가, 괜히 지느러미로 탁 쳐서 수면에 더 커다란 물결을 만들어냈다. 때를 기다리는 것은 생각보다 지루했고, 지겨웠다. 시간이 흘러가는 것은 틀림없는데 영생을 살아가는 이에게 그 미묘한 차이는 피부 위의 작은 먼지보다도 더 느끼기 어려웠다. 조금씩 잦아들다가 이내 사그라드는 물결, 그 잔잔한 변화를 바라보며 문득 생각했다.

　우리는 그날 이후 이 어두컴컴한 동굴에 갇혀 살다시피 해야 했지.

　사냥 도중 저지른 작은 실수가 우리의 세계를 거울 너머에 비췄고, 미처 그 틈을 막기도 전에 우리는 이곳으로 추방당했다. 헤어진 가족들은 어떻게 지내고 있을까. 우리를 그리워하고 있겠지….

　아- 언제쯤 다시 바깥 공기를 마실 수 있을까. 우리는 이곳에서 굶주린 채로 매일 무기력하게 생선 따위나 잡아먹으며 비참한 삶을 이어나간다. 그조차 점점 줄어들고 있다. 나는 다시 한 번 의미 없이 꼬리로 수면 위를 내리쳤다. 그 바람에 옆에 잠들어 있던 막내가 작게 몸을 움찔했다. 다행히 막내가 깨어나지 않았다는 것을 확인하고, 자리에서 몸을 일으켰다.

　그래도 또 먹을 것을 구해 와야지.

　새로 태어난 우리 가족들, 눈에 넣어도 아프지 않을 우리 막내들까지 영영 이렇게 살 수는 없다. 그래, 지금은 기회를 기다리며 잠시 몸을 숙일 뿐이다. 우리에게 시간은 날 없는 검과 같은 것이니, 곧 아름다운 수문이 다시 열리고, 굶주린 우리는 양껏 배를 채우게 될 것이다. 그러니, 때를 기다리자. 그때에는 실수하지 않고 단번에 낚아채야지.

訪問 1.「명사」어떤 사람이나 장소를 찾아가서 만나거나 봄.

그날도 여느 때와 같았다. 내 몸은 여전히 햇빛의 혜택이라고는 한 줌도 받지 못한 듯한 색이었고, 사용인들은 그런 나를 보며 혀를 찼다. 세상에 태어난 이래 계속된 일이기에 이제는 익숙해졌다고 생각했는데, 오늘따라 그 소리가 유독 서늘하여 조용히 집을 빠져나왔다. 솔직히 집보다도 유배지에 가깝다. 가족들이 나를 자신들로부터 철저히 분리하기 위해 마련한 장소. 최소한의 배려로서 사용인들을 두 명 붙여주긴 했지만, 그들도 날 무시하기는 마찬가지였다.

계속 살아서 뭐 하나 싶어.
날 사랑해줄 사람 하나 없는데.
하지만 단단하게 살아가지 못하는 나는
스스로 목숨을 끊는 일조차 제대로 해내지 못했지.

작게 훌쩍이며 뒷마당으로 향했다. 햇빛이 전혀 들지 않는 그곳은 사시사철 이끼로 가득하다. 내 의지로 이루어지지 않은 모든 것이 싫다. 남과 다르게 새하얀 내 몸도, 토끼눈도, 이런 나를 사랑하지 못하는 현실도, 차가운 세상의 시선도.

그래, 근데 그래서 뭐? 딱히 갈 곳도, 할 수 있는 일도 없잖아.
그냥 여기 처박혀 있다가 사용인들이 찾으러 오면 못 이긴 척 돌아갈 거잖아.

자조하던 그때, 작은 소리가 들렸다. 고통 섞인 신음이 축축한 땅 위를 기고 있었다. 그 소리를 따라간 곳에서, 언젠가 본 적 있는 익숙한 생명체가 고통스러운 변태를 하고 있었다. 그것은 내가 이전까지 본 적 없는 형태로 변화해갔고, 그 모습에 한참 경악하던 나는 겨우 뒷걸음질치며 그곳에서 도망쳤다. 너무 놀란 탓에 얼음장같이 차가워진 손을 부여잡고 집을 향해 한 걸음 떼어놓던 찰나,

- 아, 또 귀찮게 밖으로 나갔나?
- 야, 듣겠다. 조용히 하고 얼른 나가서 찾아와.
- 들으면 뭐 어때? 어차피 버려진 주제에. 억울하면 집에 가서 이르라 그래.
- 그건 그렇지.

    날카로운 말들이 날아와 가슴에 박혔고, 말 못할 감정들이 밀려들었다. 조금 전 본 그것과 나 사이에 다른 점이 있을까? 나는 다시금 뒤돌아섰다.
    혹시 사라지진 않았을까 했는데 그것은 아직 그 자리에 있었다. 여전히 신음하며 바닥을 구르고 있다. 조금 전보다는 형태가 확실해졌지만, 아직 과정이 완전히 끝나지는 않은 모양이다. 나는 그저 그 곁에 가만히 앉아 있어주기로 했다.
    얼마나 시간이 지났을까, 이제 막 완벽한 형태를 갖춘 그것은 익숙한 두 개를 합쳐놓은 형상이 되었다. 크기도 비교할 수 없을 정도로 커서 위압감을 주었다. 내가 아무 말도 못 하고 있던 그때, 그것이 먼저 말을 걸어 왔다. 생각과는 달리 부드러운 목소리였다.

「같이 가고 싶어?」

    난 말없이 고개를 끄덕였다. 그러자 그것이 손을 내밀었다. 나는 그저 그 손 위에 내 손을 포개기만 하면 되었다. 돌이킬 수 없게 되더라도 후회하지는 않을 거다. 결국 내 짧은 인생의 결말은 같을 테니까. 그렇다면 굳이 여기 남아 있고 싶지는 않다. 뒤늦게 날 부르는 사용인들의 목소리를 들었지만, 나는 그것의 손을 꽉 잡았다. 그것은 작게 웃으며 회귀할 채비를 했다.
    난 내 눈앞에 떠오른 거울을 바라보았다. 이 너머에는 어떤 풍경이 펼쳐질까, 그곳에서 난 어떤 삶을 살게 될까? 여러 질문이 떠올랐지만, 아직 대답해줄 이는 존재하지 않았다. 내가 지금 할 수 있는 것은 그것과 손을 맞잡은 채, 눈을 감는 일뿐이었다.

閉門 1. 「명사」문을 닫음.

형형색색 불꽃들이 타오른다. 다양한 색깔이 타올랐다 꺼지기를 반복하더니, 이내 붉디붉은 불꽃이 탐스럽게 피어올랐다. 계속 입에 처넣기만 반복하던 것들이 그것을 보고 눈빛을 달리하며 달려들었다. 입에 있는 것을 채 삼키지도 않고 더욱더 욱여넣으려 달려드는 그 꼴은 식사라고 부르기도 꺼려지는 모습이었다.
예절도 예의도 없는 풍경에 입맛을 잃은 자가 무리에서 한참 떨어진 곳에 서서 바라보고 있다. 이곳은 비록 그가 태어난 곳이긴 하지만, 문명에서 떨어져 지식을 가진 자에게는 그리 좋은 곳이 아니었다.
혹시라도 달라진 게 있을까 했는데,
역시 이곳은 발전이 없어.
그때 다시 하늘에 전보다 더 탐스러운 불꽃들이 타올랐고, 그 불꽃이 떨어진 자리에 또 다른 짐승들이 자리를 잡았다. 침을 흘리며 입에 쑤셔 넣던 것과 눈을 마주친 그는 인상을 구기며 자리를 떠났다.
발전이라는 게 존재할 수 있을까?
지금 당장 자기 배만 불리면 끝인 이자들에게?
그는 고개를 저었다.
이곳에는 쓸 만한 게 없어.
다른 곳에 가봐야겠다.
그는 그렇게 생각하며 주머니에서 거울을 꺼내 들었고…

이내 자신의 세상으로 돌아갔다.

end.